# 银汉逐梦

陈善广 著

谨以此诗文集

纪念中国载人航天工程实施三十周年！

## 作者简介

陈善广，湖南祁东人，博士，国际宇航科学院院士。现任中国载人航天工程副总设计师兼人因工程国家级重点实验室主任。《航天医学与医学工程》《航天员》杂志主编。曾任中国航天员科研训练中心主任、航天员系统总指挥兼总设计师。中国航天医学工程、人因工程学科带头人，为中国载人航天工程的实施与发展做出重大贡献。获多项国家和省部级科技和荣誉奖励，著有《载人航天技术》《飞天英雄》等多部学术和科普作品。

# 目录

## 逍遥自在不羡仙

驭剑九天
寻梦去

# 银汉逐梦

韶华不负凌云志，

历尽艰辛气未衰。

驭剑九天寻梦去，

牧星苍宇踏歌来。

2005 年 10 月

1990 年 6—10 月参加在加拿大多伦多举办的国际空间大学暑期班

1992 年载人航天工程启动，航天员系统论证总体组"三老一少"（右起：王德汉、解大青、孙金标、陈善广）

2001年11月赴酒泉卫星发射中心挂职(胡杨林留影)

# 戈壁中秋感怀

千里赴戈壁,

会师航天城。

塞外征鼓闹中秋,

月圆不思亲。


朔风驱黄尘,

胡杨弄纤云。

只待"天宫"传捷报,

一醉到天明。


2011年9月12日中秋节作于东风航天城备战天宫一号任务期间

# 天宫一号成功发射有感

飞箭离弦，

山摇地动，

红光映照夜空。

临风斗沙胡杨志，

问天下谁是英雄？


银汉羞妆，

星河惊容，

犹迎东方"天宫"。

巨龙雄风今胜昔，

看宇空景已不同。


注：2011年9月29日天宫一号成功发射，因出访南非未能参加发射任务，10月1日经停多哈欣闻佳讯有感而作。

# 贺天宫一号、神舟八号首次交会对接成功

龙翔凤翥，

迢迢银汉路。

天宫神舟比翼舞，

不须鹊桥会渡。


东风远望天链，

环环精测妙算。

将士智勇无阻，

谁人堪与比肩？


2011年11月作于北京航天城指挥控制中心


注：东风、远望、天链分别指东风航天城、远望号测量船与天链卫星
三个测控站点。

# 出征时刻

## ——致神九飞行乘组

骄阳似火，

大漠敞开炽热的胸膛。

人潮欢涌，

泪水模糊了搜寻的目光。

旌旗猎猎，

战鼓擂响，

出征太空的勇士，

已整好行装！


勇敢去飞吧我的战友，

追求的梦想就在前方。

飞天，飞天，

再次用卓越铸就辉煌！ [1]

放心去飞吧我的战友，

千万双手托举化作你的翅膀。

无论你飞多远多高，

也飞不出母亲温暖的心房。²


尽情去飞吧我的战友，

璀璨的星河把你景仰。

浪漫不只在花前月下，

天宫里演一幕龙飞凤翔。³


飞吧飞吧我的战友，

当五星红旗在太空飘扬，

那是你用燃烧的赤诚，

为祖国赢得荣光！

当你载着母亲的呼唤，

飞云掣电破天而降，

我在故乡绿茵花香的路口，

手捧美酒等待你胜利归航！

2012年6月16日于东风航天城

注：1.神九飞行乘组指挥长景海鹏第二次登上太空。

2.飞行前航天员刘旺的母亲对记者只说了六个字："既担心又高兴。"

3.刘洋成为中国首位进入太空的女性航天员。

# 备战文昌

椰林绿波望无边，

海风卷起霞满天。

壮士何须催征鼓，

只待明朝试新剑。

2016年6月4日写于文昌发射基地长征七

号首飞任务发射前（准备工作检查期间）

注：新剑，是指新研发的长征七号运载火箭，于2016年6月25日成功
发射，将承担未来中国空间站的货运飞船发射任务。

# 和苏轼《阳关曲·中秋月》

特为在中秋佳节圆月当空发射天宫二号空间实验室
所赋，月圆之夜，功成之时。

云散气清驱秋寒，

"天宫"凌霄戏玉盘。

今生今夜有此景，

来年来月无处看。

2016 年 9 月 15 日

# 致尤金·塞尔南

你

与阿姆斯特朗一样

伟大的探索者

人类的英雄

是你们

在梦幻般的那一刻

轻轻叩开了

寂寥千年的月宫之门


多年以后

你再次拔地而起

不为

重温旧梦

只为

在月盈月亏的光轮中

流连永生

2017 年 1 月 17 日

注：当地时间 2017 年 1 月 16 日，NASA 宇航员尤金·塞尔南（Eugene Cernan）逝世，和阿姆斯特朗一样，享年 82 岁，他是迄今最后一个在月球表面漫步的人类。

"我们来过这里，我们现在要离开这里，如果情况允许的话，我们还会带着全人类的和平与希望回到这里的。"——在完成阿波罗 17 号任务，即将返回登月舱离开之前，塞尔南说道。

# 贺北斗收官之战圆满成功

扬帆云海驾长风，

建功天河仰北斗。

风雨砥砺廿十载，

壮志未酬誓不休。

2020 年 6 月 23 日

注：值北斗收官之星发射成功并北斗三号全球组网成功之际，特向北斗导航系统工程总师杨长风及团队致贺致敬。

# 辛丑初遐思

百年变局话子丑，

四海风起浪涌。

更苦人间疫势汹。

魑魅何足惧？

一扫天下同。


今怀逸情梦思飞，

嫦娥漫舞天宫。

北斗闪闪耀苍穹。

又听号角鸣，

何时立新功？

2021 年 2 月 12 日

注：疫势汹是指新冠肺炎肆虐。嫦娥、天宫、北斗分别指我国同期实施的探月工程、空间站工程和北斗导航工程。

2003年10月神五发射时在北京飞行指挥控制中心

2003年访问俄罗斯模拟设备研究所与该所总工巴洛金交流

# 登西沙老龙头有感

烈日当空，登南礁，终偿夙愿。

极目望，万里碧波，海天相连。

白帆片片戏飞鹭，

绿草茵茵染芳甸。

待黄昏，螺号催舟归，笼霞烟。


时空转，忆当年。

山河破，家国难。

叹海疆，屡遭强盗进犯。

驱倭荡寇勇士血，

戍边守岛英雄胆。

看今朝，雄师挥金戈，斗敌顽！

附记：

　　9月下旬天舟三号文昌发射前一天，有幸随北京市政协考察团赴三沙考察，登上了永兴岛礁最高处——西沙老龙头。晴空碧海，一望无际，更有守礁战士在岩壁下镌刻的"祖国万岁"在阳光下熠熠生辉，抚今追昔，令人心潮澎湃，即赋词一首，以寄情怀。

2021年9月29日于海南西沙

浮生若梦
情无价

# 校园光阴

青涩

冲动

荷尔蒙


澡堂是我们的练歌房

音响效果很好

水龙头一拧

放开嗓子

水流声是最佳伴奏

自己做自己的听众

无需掌声


草地上

树林里

乘着月色

幻想成李白的样子

仰天一笑

哼两句自己也不懂的诗句

2002年8月

# 马颂

神驹铁骑骏马，

赤兔汗血追风。

霹火惊雷荡飞鬃，

长啸腾空若虹。


不恋侯门金羁，

志在旷野川陇。

千里奋蹄自英雄，

披肝沥胆尽忠。

甲午春月2014年2月作于浙江龙游

# 清明扫墓

云淡风轻日融融，

清明归乡行色匆。

摘取山花三五朵，

敬献墓前祭先宗。

2014 年 4 月 5 日

# 国庆抒怀

十月金秋，

花簇似锦，

丹果飘香。

望神州大地，

无限风光。

群山巍峨，

秀水流长。

塞北劲舞，

江南小唱，

四方鼓乐奏华章。

看东方，

升一轮红日，

霞光万丈。


回首百年沧桑，

祭无数英烈为国殇。

念甲午之耻，

何日血偿？

利剑在手，

战戈铮亮。

东海风急，

西沙惊浪。

蚍蜉岂可撼大梁？

睡狮醒，

展威猛雄风，

魑魅扫光。

2014年10月1日

# 茶韵两首

一

绿一点

绿点点

绿片片

于是绘出了茶海

阳光下

飞逐碧波展开笑颜

新雨后

感恩春光泪花闪闪

二

挣脱母亲的臂弯

是为了与水相恋

在水的热吻中

春心荡漾

矜持不再

你柔软着身躯

恣意寻欢

在与水的交融中

脱胎换骨

升华蜕变

只为

在诗人千年的吟唱中

获得新生

2015 年 9 月 29 日

# 春光

流光

倾泻如注

三月的温暖

扑面而来

春的赴约

依然没有例外


正值

姹紫嫣红的时节

你在园子里

赏花

我在花丛中

看你


2016 年 3 月 16 日

2004年5月在中国航天员中心接见世界首位女航天员捷列什科娃

2004年9月访问俄罗斯加加林训练中心

2004年9月访问俄罗斯加加林中心会见世界首位女航天员捷列什科娃

2004年9月与载人航天工程首任总设计师王永志院士访问俄罗斯加加林中心

# 为孟伟画题

塬高天低月，

旅羁峰上客。

晚来风声急，

谁在催君回？

2016 年 9 月

# 为祁同伟造像

心比天高将相梦，

命若纸薄泪血冢。

寒门野草东风破，

胜天半子终成空。

2018年2月

注：祁同伟为电视剧《人民的名义》塑造的一个悲剧性反派人物，家境普通却野心勃勃总想出人头地，骨子里自尊心好胜心极强，最终知法犯法，挑战法律底线走向罪恶的深渊，值得人们深思。

# 青春之歌

青春

是一条浪花飞溅的河

青春

是一首激扬高亢的歌

青春是酸涩的果儿

青春是绚丽的焰火


青春是以身许国的情怀

青春是风华正茂的浪漫

青春是指点江山的气概

青春是中流击水的豪迈

青春不老

初心不改……


2018 年 5 月 4 日

# 致老师

父母给予了我生命
是您，亲爱的老师
塑造了我的灵魂

三尺讲台
纵论人间天下事
授业解惑传真经
秉烛伏案
几多青丝变白发
多少黑夜到黎明
星光点点
驱逐心灵的阴霾
红烛熠熠
照亮人生的旅程

2018年9月10日

# 己亥新春赋

门外爆竹燃，

堂前人语喧。

千里归来一夕醉，

桑梓无愁眠。


风扫残雪尽，

枝头春意暖。

乾坤朗朗鬼魅去，

山河焕新颜。


2019年2月5日

# 贺祖国七十华诞

七十岁华诞，

举国同庆，

万众欢腾，

琴瑟鼓乐颂盛世。

看东海飞鸥，

南岛滴翠，

西部披彩，

北国染金，

江山如画，

处处祥瑞纷呈。

忆先辈英烈，

历艰辛开创伟业；

赞后继传人，

经沧桑又建奇功。

终赢得：一箭冲天，

两弹腾云，

三军扬威，

四方和顺。


数千年文明，

源远流长，

百花斗妍，

诗词歌赋谱鸿篇。

想秦汉竞雄，

唐宋逐雅，

孔孟崇礼，

岐黄回春，

璀璨若星，

代代才杰辈出。

曾披肝沥胆，

救民族免于倾覆；

今乘风破浪，

驾巨轮走向复兴。

放眼望：五星耀空，

六合聚运，

八面来贺，

九州归心。

2019 年 10 月 1 日

# 庚子新春记

己亥岁末，庚子新春佳节来临之际，本应祥和欢愉的氛围被突如其来的新型冠状病毒施虐所扰，神州大地严阵以待，众志成城抗击瘟魔，许多家庭不能团圆，抚今追昔感慨万分。遂忆起毛泽东七律《送瘟神》，步其韵而作。

尤叹佳节聚无多，

小虫施虐可奈何？

千城同心御瘟煞，

万众协力谱壮歌。

世上大爱感天地，

人间真情撼山河。

但听春雷一声响，

驱尽瘟神逐春波。

2020年1月24日除夕夜

# 时间断想

始在哪里？
止于何方？

问山山不言
问水水不响

留无计，皆过往
逝如斯，徒哀伤

是万物存在的尺度
是宇宙演进的指向

或许是人类自身的幻觉
却具有毁灭一切的力量

2020 年 2 月 21 日

# 宇宙深处

我们苦苦探寻

宇宙的真相

还有我们自身的谜底


或许

宇宙深处也有一双眼睛

在默默地窥视着我们


2020 年 2 月 21 日

# 上苑春初

上苑春初花影稀，

玉露轻沾踏无泥。

凌寒傲雪韵犹在，

还数东风第一枝。

2022 年 1 月 3 日

2004年12月杨利伟被授予香港中文大学荣誉博士后与徐扬生副校长合影

2005年4月指导神舟六号乘组（左一为费俊龙，右二为聂海胜）进行水下救生训练

2005 年 9 月考察内蒙古四子王旗着陆场（神舟五号降落点）

# 壬寅元日述怀

昨夜酣醉醒已迟，

窗外初绿透日熙。

京都不见南国雪，

可美？

电遥乡音道聚离。


几回故园入梦里，

惊起，

半箱行囊半身泥。

求学探秘天河路，

乐苦，

花甲重来写新词。


2022年2月1日

逍遥自在
不羨仙

# 林州游感

清清红旗渠，

巍巍太行山。

劈岩破石引甘露，

鬼斧惊云天。


鼓号声声远，

英雄代代传。

放眼青山多妩媚，

旧貌换新颜。


2013 年 5 月 4 日

# 蚌埠游感

晴空朗朗五月天，

珍珠熠熠映桑田。[1]

涂山黑虎叠翠微，[2]

天河龙子逐碧涟。[3]

禹王功德千秋颂，

花鼓灯戏万代传。

淮河玉带飘城过，

绝胜风光赛江南。

2014年5月8日

注：1.珍珠指蚌埠，因蚌埠盛产珍珠，又称珍珠之城。

2.涂山、黑虎指位于蚌埠境内的涂山及黑虎山。

3.天河、龙子指位于蚌埠境内的天河湖及龙子湖。

# 春回江南

烟锁岸堤杨柳轻，

春回江南。

万物斗鲜。

新绿点点东风暖。


登高凭栏放眼望，

江山无限。

百舸争先。

踏歌破浪竞云帆。


2015年2月18日春节撰于浙江龙游

2005年10月神舟六号转运期间与飞船总设计师戚发轫院士一起

2005年10月神舟六号转运至发射区后留影

# 登浙江龙游祝家山

山路曲径幽，

临风听竹喧。

天地有灵气，

大美在自然。

2015年2月24日

# 南岳闲居杂感

故友相约南岳行，

信步轻登回雁岭。

林间流云戏莺舞，

石上飞泉和蛙鸣。

晨起踏露看日出，

晚归品茗听雨泠。

明年野花缀满坡，

还来麓居抚月琴。

2015年5月19日晨改

# 衡岳水帘洞游感（二首）

一

水流昼夜终不息，

帘挂古今只称奇。

邀得大圣出洞去，

一扫魑魅天下熹。

二

烟雨葱茏南岳巅，

幽径逶迤有洞天。

抛却凡尘三千事，

逍遥自在不羡仙。

2015 年 7 月 3 日

注：水帘洞外，溪水旁边，有一石上刻有古人题词"水流昼夜，帘挂古今"。

# 天下南岳[1]

神州有五岳，

衡岳居其南。

湘水毓灵秀，

寿圣天下传。

巍巍七二峰，[2]

祝融不可攀。[3]

松立千仞壁，

竹倚万壑泉。

高殿经书寂，

古刹钟声远。

参禅磨镜台，[4]

修道玄都观。[5]

洞帘水抚琴，[6]

峦叠峰回雁。[7]

云海烟波渺，

处处胜桃源。

晨起观日出，

夜来赏月圆。

浅盏试新茗，

不觉晓露寒。


2015年9月1日


注：1. 应汤春德之邀为其《天下南岳》画所题诗。

2. 指南岳衡山有七十二峰。

3. 指祝融峰，为南岳衡山最高峰。

4. 磨镜台位于南岳衡山半山亭中心景区内，是佛教禅宗南宗祖源，因唐代名僧怀让和"江西马祖"道一和尚磨镜斗法的故事而闻名。

5. 玄都观是道教著名宫观，位于衡山祝融峰至南岳镇之间，又名半山亭、吸云庵。

6. 指水帘洞，位于南岳衡山七十二峰之紫盖峰下南岳乡水濂村，距南岳镇4公里，水帘洞之奇为"南岳四绝"之一。

7. 指回雁峰，坐落于衡阳市雁峰区，为八百里南岳衡山七十二峰之首，又称南岳第一峰。

# 初春游北海公园

晴开湖面冰融水，

景山北海相映辉。

鸭嬉琼池风戏柳，

春上御园游人醉。

2016年2月19日午

# 北海游记之二

风梳绿丝湖镜前，

上苑游人舞翩翩。

适逢一年好光景，

不信春来花不艳。

2016年3月29日

# 北海游记之三

昨日繁华今日敝，

花开终有花谢时。

好花只为春一笑，

哪怕落英化成泥。

2016年4月12日

2005年10月与神舟六号飞行乘组天地通话

2006年4月获武汉大学第四届杰出校友称号

2007年5月出席第十六届人在太空国际学术会议作特邀报告

2007年5月在北京参加第十六届人在太空国际学术会议与IAA秘书长康坦交流

2007年5月22日第十六届人在太空国际学术会议担任中方主席主持国际航天员沙龙（左起：美国女航天员茉莉亚、法国女航天员克洛迪、陈善广、杨利伟、美华裔航天员焦立中）

# 春韵湘南

云绕青峰十八盘，

江天一色望无边。

浪摇轻舟逐雁飞，

松吟春曲飘湘南。

2016 年 5 月 20 日

注：为汤春德同名画题。

# 烟霞[1]览胜感怀四首

一

远听晨钟响，

近看树摇风。

山居绿荫里，

人在云霭中。

二

青青一畦芽，[2]

云雾来滋润。

若非仙泉煮，[3]

怎显绝世茗？

三

铁佛无佛事，[4]

丹霞有高僧。[5]

只道头陀痴，

倦眠枕石云。[6]


四

夜来蝉不语，

只闻松涛声。

堂前月迎客，

谈笑论古今。


2019年8月12日于南岳烟霞书院


注：1.烟霞指南岳烟霞峰。

2.五岳之中唯南岳衡山产茶，而烟霞峰所产的南岳云雾茶造型优美，香味浓郁甘醇，久享盛名，早在唐代，已被列为贡品。

3.仙泉指南岳二十四名泉之首的烟霞峰童子泉，清澈甘冽，唐代因邺侯李泌隐居烟霞饮此泉修道而得名"童子泉"，相传闻名天下的杭州虎跑泉就是源自这里。以此泉煮泡云雾茶饮之乃游客之一大念想。

4.铁佛指烟霞茶院旁的铁佛寺，又名铁佛庵。20世纪30年代，郭沫若曾来此处因见遍地荒芜、多年无佛事，留下诗云："此地空余一废堂。"

5.丹霞指位于茶院上面不远处的丹霞寺。

6.中华佛教总会第一任会长八指头陀曾在烟霞峰留下诗句"倦眠一石云为枕"。

# 草堂春韵

狂风骤起，

黄沙漫天。

陌上杨柳望不见。

有心赴约道难阻，

草堂深处听高谈。


枝头初翠，

梁上新燕。

晴开苑亭色斑斓。

良辰美景同此梦，

四季长春人长安。


附记：

　　2021年3月28日一早从京城乘车出发赴河北廊

坊大厂蕴宜生基地——草堂参加航天与健康主题研

讨会，途遇沙暴施虐，遮天蔽日。众嘉宾竟都未惧恶劣天气先后如约而至，说来也巧，室内讨论气氛热烈，屋外风沙渐渐减弱，终于雾散日出，草堂春色令人陶醉。特记之。

一曲高歌
慰我心

# 我在梦中不愿醒来

我在梦中不愿醒来

那是一个美妙的世界

梦中的玫瑰分外娇艳

梦中的花朵不会凋败

梦中的你那样天真

梦中的你那样可爱

梦中的我们无忧无虑

梦中的我们自由自在


天天想你

夜夜梦你

属于你的那颗心永远不改变

天天想你

夜夜梦你

但愿你我此梦与共做它一万年，别醒来

我在梦中不愿醒来

那是一个温馨的世界

梦中的天空一片蔚蓝

梦中的季节没有冬天

梦中的你那样温柔

梦中的你那样缠绵

梦中的我们相偎相依

梦中的我们相亲相爱


天天想你

夜夜梦你

属于你的那颗心永远不改变

天天想你

夜夜梦你

但愿你我此梦与共做它一万年，别醒来


2002 年 5 月


（作曲：陈善广　首唱：艾文君）

# 天涯情歌

你看我时很近，

我看你时很远。

你想我时很近，

我想你时很远。

我的世界有了你便不再孤单，

为何你的世界有了我却仍未改变。


茫茫红尘过客匆匆，

谁说相逢一定有缘？

花开花落四季轮回，

一首情歌唱老千年！

总以为天涯苦旅相知就在眼前，

有谁知情传眉梢不过是场虚幻！


明知道不是所有花开都有结果，

明知道不是所有付出都有回还，

明知道曲终缘尽情已不再，

痴痴的我还在守候最初的诺言！

2003 年 6 月

# 圆梦

一段情绵延多少代？

一个梦做了多少年？

嫦娥奔月敦煌飞天，

神话传说诉悠远。

醉邀明月同舞，

寄情寥寥银汉。

歌罢猴王大圣闹天宫，

再唱七仙美女思下凡。

千年古国飞天梦，

却只在书中画里圆。


一段情绵延多少代？

一个梦做了多少年？

星移斗转痴心不变，

征天将士志高远。

笑踏荆棘坎坷，

勇闯重重难关。

且看神箭呼啸傲苍穹，

东方巨龙腾飞巡九天。

千年古国飞天梦，

就在盛世今朝圆！


（副歌）

千年情悠悠，

悠悠梦千年，

千年梦圆，

飞天梦圆！


2003年10月16日


注：2003年10月15日航天员杨利伟乘坐神舟五号飞船首次进入太空，实现了中华民族千年飞天梦想，作为本次任务直接参与者，内心无比激动、兴奋与自豪，写下此歌以示纪念。

（作曲：黄钟声 首唱：聂建华）

# 圣医仁心李时珍

"身如逆流船，

心比铁石坚。"

狂风暴雨摧不垮最初的信念。

济念苍生苦，

矢志斗疾顽，

功名情私全抛下荣华似云烟。


穿医林，

游药海，

寂寞孤灯不耐五更寒。

走千村，

访万家，

圣手驱病魔仁心送温暖。


尝百草，

正本源，

铁鞋踏破神州千重山。

披星月，

忍饥寒，

血泪凝成本草万言卷。


岐黄瑰宝，

惠泽人间，

神农宗脉，

华佗风范，

一代圣医美名天下传！


2005 年 7 月

# 巡天情

## ——中国航天员中心之歌

多少风雨雪霜，

擦不去那执着的信念；

多少岁月沧桑，

抹不去那久远的梦想。

让月宫揭开神秘的面纱，

让巨龙插上腾飞的翅膀。

这里是航天英雄的摇篮，

这里是成就梦想的地方。


东方天骄傲群雄，

银汉星河任翱翔。

赤胆忠心把民族荣耀写在太空，

不负使命让和平之声在宇宙回荡！


多少坎坷泥潭，

挡不住那奋进的步伐；

多少迷雾云烟，

遮不住那求真的光芒。

用智慧搭起飞天的云梯，

用汗水筑建通天的桥梁。

这里是太空科技的圣殿，

这里是创造奇迹的地方。


人本理念展芳枝，

医工连理飘奇香。

拼搏奉献　用成功之花报效祖国，

追求卓越　让未来之路更加灿烂辉煌！


2006 年 4 月


（作曲：陈卫东　领唱：戴玉强　殷秀梅）

# 剑胆琴心

醉眼看烟霞片片，

酒醒处落红点点，

琴声呜咽剑气寒，

叹不尽儿女情长英雄气短！


勘不破荣尊贵显，

转瞬间灰飞烟散，

人生悲欢空遗憾，

有道是花开花谢岁岁年年！


红颜在梦中呢喃，

江山在掌中变换，

得失成败付笑谈，

生死两相依，逍遥天地间！

情有多苦,

爱有多难,

此心苍天可鉴;

山有多高,

路有多远,

依然策马向前!

2006年5月

# 绿色畅想

绿色的风吹开春天的花蕾

绿色的雨滋润希望的田野

绿色的歌播撒友爱的种子

绿色的梦共赴心灵的相约


绿色是青春的韵律

绿色是健康的伴随

绿色是阳光的眷恋

绿色是和平的使者


绿色的世界有你也有我

绿色的世界美丽又和谐


2007 年 10 月


（作曲：恩克巴雅尔　首唱：顾莉雅）

# 人民子弟兵（又名《最可爱的人》）

一颗颗闪闪红星，

带来希望带来光明。

一张张质朴面庞，

写着勇敢写着坚韧。

来不及整理行装，

来不及话别亲人，

你义无反顾步履匆匆踏上新的征程！

一样的血肉之躯，

能破万险能担千钧。

一样的青春年华，

甘愿奉献甘于牺牲。

何惧那急流险滩，

何惧那地裂山崩，

你一往无前奋不顾身托起生命彩虹！

啊，人民子弟兵，我最可爱的人！

哪里最危险哪里见证你的英勇，

哪里有需要哪里流淌你的深情。

你把热血融进对人民的挚爱、对祖国的忠诚，

你用生命奏响时代的强音！

2008年6月

（作曲：苑飞雪　首唱：刘媛媛）

# 那双眼睛

## ——写给汶川地震受难的孩子

忘不了那段惨痛的记忆，

更忘不了废墟上那双眼睛。

那是一双稚嫩的眼睛，

苦涩的泪影，惊恐的眼神，

茫然对着天空无声地发问：

这地球怎么了？这世界怎么了？

为什么转眼间一切面目全非了？

老师亲切的面孔凝固了，

同学灿烂的笑容消失了，

那一朵朵娇艳的花儿就这么凋谢了？

忘不了那段惨痛的记忆，

更忘不了废墟上那双眼睛。

那是一双无助的眼睛，

苦涩的泪影，凄楚的眼神，

茫然对着天空无声地发问：

这地球怎么了？这世界怎么了？

为什么转眼间仿佛掉进黑洞了？

爸爸慈爱的双手松开了，

妈妈温暖的怀抱冰冷了，

那一个个熟悉的身影就这么远走了。


（副歌）

哦，那双眼睛，充满渴望，

越过时空穿透了我的灵魂，

哦，那双眼睛，充满感恩，

揪碎了人间千千万万颗心。

孩子，不要哭，我们来了你不会再孤独；

孩子，不要怕，有我们你就有一个温暖的家；

孩子，莫悲伤，风雨过后就是彩虹与阳光；

孩子，要坚强，前方的路我们带你一起闯！


2008年6月

# 我为祖国感到骄傲

当一束束目光向这里聚焦,

我懂得那份深情的期盼与希望。

当一颗颗心儿向这里欢呼,

我明白那份真挚的祝福与祈祷。

当五星红旗伴着国歌升起,

一股暖流在我胸中激荡:

我为祖国感到骄傲!


祖国啊亲爱的祖国,

是你的引领让我踏上无悔的人生征途。

你赋予我的使命是那样崇高,

是你的搀扶让我从一次次跌倒中奋起,

我为你的付出是多么微不足道。

是你的托举让我昂首展翅越飞越高,

我对你的回报却是那样渺小。

是你的鼓励让我不断超越新的梦想，

你的美丽与欢笑是我毕生追求的目标。


日月星辰　一起见证这辉煌的时刻，

长江长城　一同分享这成功的欢笑，

这属于我的幸福，更属于你的荣耀。

祖国啊祖国，亲爱的祖国，

我为你感到无比自豪，无比骄傲！


2008年10月


注："我为祖国感到骄傲"是首飞航天员杨利伟和他的战友们每次完成
太空飞行任务返回地球时都要表达的话语，也是包括奥运健儿在内的
所有为国拼搏为国争光的勇士们的心声。
（作曲：恩克巴雅尔　首唱：廖昌永）

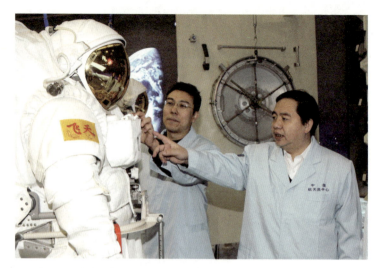

2008年1月开展我国第一代"飞天"舱外航天服研制与试验（左：时任航天员系统副总师李潭秋）

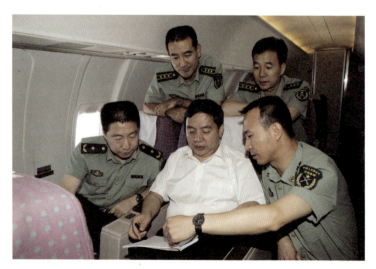

2008年8月与航天员（左起分别是杨利伟、翟志刚、景海鹏、费俊龙）在赴酒泉发射中心的神七任务专机上

2008年9月神舟七号乘组返回航天城与指令长翟志刚亲切拥抱

2008年9月在北京航天城航天园公寓与神舟七号飞行乘组交流（左起：刘伯明、景海鹏、费俊龙、翟志刚）

# 春不来花不开

好雨知时节，

春来雨缠绵，

柔风轻拂过，

情爱溢心怀。


好花不常开，

春来花儿艳，

娇羞更妩媚，

只等人来采。


春不来花不开，我的爱在不在？

秋叶落了，冬雪化了，我的春天啊你为何还不来？


2011 年 8 月


（作曲：张连春　演唱：洛琴）

# 以晴之歌

## ——以晴集团企业文化歌

走过春与秋

走过夏与冬

岁月的脚步太匆匆

红尘中与你相逢

人生路从此不同

弹一曲高山流水

沉醉于明月清风

我的爱我的心是你最懂

越过江与河

越过岭与峰

孜孜的追求在心中

原野上播种希望

汗水里收获成功

经坎坷风雨相守

踏征途甘苦与共

那份真那份情化作彩虹


（副歌，可重复）

啊……

以大地恩赐

晴众生天空

以仁爱之光

点亮心中美丽的梦


2011年9月


（作曲：张连春　演唱：周以晴）

# 太空玫瑰

## ——献给女航天员的歌

你惊艳太空英姿娇媚，

让飞天传说时光穿越。

琵琶声远不知嫦娥有约，

千年等待只为这一回。


你柔弱双肩挑起日月，

银河里荡舟不让须眉。

天宫放歌演绎龙翔凤飞，

千年梦圆就在这一回。


你红颜绿装一生为谁？

任雨打风吹百转千回。

天路迢迢挥洒激情汗水，

苍宇间写下青春无悔！

（副歌）

你是跨越天地的彩虹，

你是星河亮丽的光辉，

你是浴火重生的凤凰，

你是绽放太空的玫瑰！

2012年6月

（作曲：栾凯　首唱：谭晶）

# 出征时刻

（序：

出征时刻，准备出征！

我用生命向你保证，不负重托，不辱使命。）


国旗下誓言铮铮，

我和你目光坚定。

大漠风沙伴我出征，

战鼓擂响为我壮行。


军礼下战友情深，

我和你温暖相拥。

雪花飞舞伴我出征，

人潮欢涌我心沸腾。


我愿用燃烧的赤诚，

让五星红旗飘扬太空。

让我们尽情去飞吧飞吧!

带着嘱托准备出征。


我愿用成功的辉煌,

为祖国母亲赢得荣光。

让我们放心去飞吧飞吧!

带着祝福准备出征。

让我们放心去飞吧飞吧!

带着期盼准备出征。


2012年10月


(根据同名诗改编,歌词合作者:顾家,作曲:陈

卫东  首唱:王传越)

# 人生若只如初见

唱罢虞美人又吟蝶恋花

琴瑟悠悠嗟不尽蝶梦芳华

珠帘卷，红笺相思丽人入屏画

暗移梅影，香盈枝丫

独倚阑干数落花


人生若只如初见

春光玉颜情无瑕

许我天上人间

一片冰心月华


昨日满庭芳今朝浪淘沙

风雨潇潇叹不尽肠断天涯

有道是，浮生若梦唯有情无价

雁鸣孤影，西风瘦马

半醉半醒夕阳下

人生若只如初见

春光玉颜情无瑕

许我天上人间

一片冰心月华

2016年4月

（作曲：张连春　演唱：叶冠兰）

# 若有战，召必回

## ——献给新时代退役军人

回望闪亮的军徽，

一股豪情荡心扉。

铁血铸就军魂在，

新的岗位建功业。

不要问我悔不悔，

军旅生涯最珍贵。

不要问我想不想，

梦里常听军号吹。


若有战，召必回！

好男儿时刻做准备！

若有战，召必回！

挥利剑斩豺狼壮国威！


一个庄严的军礼，

一生一世的守约。

一曲雄壮的军歌，

千遍万遍也陶醉。

不要问我亏不亏，

当兵报国是职责。

不要问我真不真，

退伍从来不褪色。


若有战，召必回。

好男儿时刻做准备！

若有战，召必回。

挥利剑斩豺狼壮国威！


若有战，召必回！

附：《若有战，召必回》主创笔记

2018年4月，国家退役军人事务部挂牌成立。恰在飞往长沙的航班上读此新闻，心潮澎湃，思绪万千。一个崇尚英雄的民族是不可战胜的，这必将激励我热血男儿为保家国随时披挂出征、慷慨赴死，一股豪情倾注笔端，终成此歌。

这是一首献给新时代退役军人的歌，深情抒发了在习近平强军思想指引下当代退役军人的情怀与追求、担当与承诺！

生命中有了当兵的历史，一辈子都不后悔。人生路漫漫，军旅生涯最珍贵！那钢铁般的纪律，严酷的训练，战场上血与火的考验，铸就了我忠诚品格和铁血军魂！

无论走到哪里，无论在什么岗位，爱国报国之心永不移！退伍从来不褪色！一个军礼，一首军歌，是一生缘，是一生情。那军号声声、那火热军营与战友情深，是永远无法忘却的人生记忆！

若有战，召必回！是中华儿郎的铮铮誓言，是退役老兵的壮志豪迈，是以身许国的英雄气概！若有敌人胆敢来犯，只要祖国一声召唤，我等必将重披战袍，出征杀敌，一往无前，壮我军威国威！护我领土完整！

（作曲：陈卫东　男声合唱）

2008 年 9 月与神七乘组（左一：刘伯明，右一：景海鹏，右二：翟志刚）在我们自研的"飞天"舱外航天服旁合影

# 时代召唤

总有一声召唤响在耳边

总有一种责任扛在双肩

总有一样情怀激扬心头

总有一股力量催我向前


忠于职守，我默默奉献

平凡岗位，我业绩不凡

沙场点兵，我一马当先

砺剑磨刀，我守卫河山


总有一声召唤响在耳边

总有一种责任扛在双肩

总有一样情怀激扬在心

总有一股力量催我向前

披星戴月，我斩棘闯关

峰险山高，我奋勇登攀

乘风破浪，我巡洋探海

展翅高飞，我遨游穹天


扬起理想之帆

逐梦高山之巅

奋进的脚步永不停歇

复兴的目标一定实现


2019年10月


（作曲：刘介华　首唱：王丽达　汤子星）

人类因太空梦想

而伟大

# 奔向宇宙

奔向宇宙是勇敢者的游戏，是人类对未知世界的极限挑战。

在这个群雄逐鹿太空的时代，人类用智慧与未知碰撞，迸发出了万丈豪情。在酒泉卫星发射中心、拜科努尔发射基地、肯尼迪航天中心，那闪耀着科学和理性光芒的火焰，从来没有停止过不屈的追求和倔强的奋争！重返月球，载人造访火星……在人类航天事业阔步前行的时候，中国航天人以其特有的方式奏响了时代的强音。2005年10月12日，中国的载人航天工程再一次以勇者的姿态震撼了世界。

中国载人航天事业历经的每一次飞跃都触动着国人的民族情愫。从现代火箭技术起步到载人飞船的成功上天，这其中凝聚了多少代航天人的辛勤汗水。继神舟五号、神舟六号载人航天飞行圆满成功之后，出舱活动等后续任务也将启动……这个赋予人类梦想和无上荣耀的事业，始终激发着国人的好奇心与创造力，催生了无数矢志航天事业的英雄。它带来的不仅是国家的地位和荣耀，更是民族的自尊与骄傲。

《航天员》是幸运的，她创刊于神舟六号凯旋的喜庆日子里，一诞生就见证了中国载人航天事业的惊人跨越。我们将多角度记录人类载人航天的历史，把载人航天知识立体化地呈现给读者；带领大家领略载人航天科技的神奇，探索宇宙无尽的奥秘；启发有志于航天事业的青年人，奋发进取，积极投身于这项拥抱未知与梦想的事业中来。

摘自《航天员》杂志2005年创刊词

# 航天梦之队

六月，世界杯来了，带来了32支"梦之队"激情的旋风。在这特别的日子里，我们决定把属于我们的"航天梦之队"献给你们。

平凡的你、我、他，在选择了走进这支"航天梦之队"之后，就成为了酝酿超越的幕后英雄。在我与他们共同经历的每一天里，我品尝到了这世界上最可贵的精神食粮。于是，我希望能将这句发自心底的感谢献给他们，谢谢他们为这一个共同的目标而迸发出热血搬的激情，这样的情绪一直感染着我，并不断带给我冲劲和力量。

眼下，我们正携手为把中国航天员科研训练中心建设成为世界一流航天员中心而努力着。这不单是我个人的梦想，更是"航天梦之队"所有成员的心愿。航天员教练员、医学监督与医学保障医生，还有许许多多工程技术人员，他们把埋头苦干、永远拼搏当作多年奋斗的主旋律，把"特别能吃苦、特别能战斗、特别能攻关、特别能奉献"当作自己的工作定律。严谨、负责、关心、团结，这些鼓动人心的人性力量让我们在工作和生活中互相信任和依赖，并得以共同促进。

暑假即将踏着阵阵热浪而来。这个假期，中国航天员科研训练中心将独家奉献一个大型的"航天员体验营"，让渴望像航天员那样去太空历险的中国少年勇敢地去追求梦想，为他们插上奔向飞翔之梦的"翅膀"，让我们的航天精神更加振奋和高昂起来。

我知道，在中国航天员科研训练中心走向世界之路的旅程中，这会为它积蓄起不小的能量。我们愿意与这些新生力量一同前行，让中国航天员科研训练中心永远舞动着青春的姿态。

2006 年 6 月

# 辉煌的落幕

2006年7月4日，发现号航天飞机成功发射，为美国的国庆日献上一份厚礼。十四天后，它平安归来，与去年8月继哥伦比亚号失事后的首航相比，发现号这次的征程招致非议似乎少了很多，可以说是一次比较"干净"的飞行，也是一次相当成功的飞行。发现号再次证实了NASA的技术实力，也从一定的程度上挽救了美国民众对航天飞机项目的信心。

但是，从长远来看，以发现号为代表的美国航天飞机提前退役，结束它们的历史使命还是在所难免。这一方面是航天飞机经历长时间的任务执行，其安全性能让美国民众越来越担忧；另一方面是为了保证飞行的安全，对航天飞机的维修保养以及技术更新耗资巨大，令NASA在资金的投入方面深感吃紧；再加上2004年美国航天计划的调整，由地球低轨探索研究向月球乃至火星等深空发展，另一种为低、高轨都可运输设计的、更为安全实用的航天飞行器将投入使用，这让一直在地球低轨活动的航天飞机失去最根本的存在理由。根据美国的航天计划，在2010年，航天飞机即将告别蔚蓝深空，退出航天大舞台。

也正是基于这种考虑，在这个属于航天飞机的黄金时代即将远去之际，我们试图对这个即将消亡的历史名词做一个准确的注解。于是，就有了航天飞机特刊题为《远去的黄金时代》的文章所阐释的那样："在不到四分之一世纪的时间里，航天飞机走完了它的辉煌历程……成为一个历史坐标的渐行渐远，一个带有无限光环的时代背影。"在这种基调和铺垫下，我们想用文字、图片，也用我们的一腔激情，为航天飞机写个传记。在这个传记里，我们想让你和我们一起去了解航天飞机的概念、结构组成、发展历程，一起去体验航天飞机这个豪门家族二十多年来所经历的荣耀与悲壮，一起去追寻属于尘封历史的真相，一起对逝去的英雄寄托我们的哀思，一起对航天飞机这个项目或是其中的细节亮出我们自己的观点和想法……

不仅如此，我们还希望有更多的你加入我们的行列，不仅仅是关注航天飞机，也关注我们的飞船，关注我国的绕月计划，关注我国的载人航天，让我们共同来描绘中华民族的飞天蓝图。

2006年8月

# 人类因太空梦想而伟大

一个月前，《航天员》杂志社举办了首届航天员体验营。一群来自祖国各地的优秀青少年齐聚北京航天城，他们在航天员教练员的带领下，参观航天城，与航天员合影留念，体验航天员部分科研训练项目，以一种独特的体验方式满足了自己对航天员的崇拜、对航天的向往。一个太空梦想，激励着他们勇敢成长，短短四天的体验成为他们人生中最珍贵的回忆。而创建如此一个交流平台，传播载人航天知识，让太空梦想离你我不再遥远，也是中国航天员中心以及《航天员》杂志一直秉承的一种精神和宗旨。

在中秋之夜来临之时，我们又在专题《重返太空》中"把酒话登月"。面对着一轮皓月，人类始终未改登月梦想，在科技手段和经济实力到达一定的程度后，人类终于从原始的对月球的一种诗意化的幻想继而向探月、登月以及开发月球进发，20世纪60年代至70年代的阿波罗计划将人类的登月梦想变为现实，在人类航天史上写下灿烂的一笔。多年后的今天，人类再次吹响了登月的号角，梦想着有一天能将月球变成人类的另一个家园，变成跃向宇宙深处的一个基地和跳板，将人类的载人航天事业推向更为艰辛也更为辉煌的新起点。

此时，我不禁想起美国前总统威尔逊说过的一句话——人类因梦想而伟大。而太空梦想与探索是最能体现人类梦想的领域之一。我们可以这样说，人类因太空梦想而伟大。因为正是这种太空梦想引发的兴趣，由兴趣引发的探究，激励着人类由陆地向天空和太空进发，最后向茫茫的宇宙深处吼出内心的雄心壮志。尤其是人类作为地球的灵长类动物，在这个星球上孤独地繁衍生息几万年，对宇宙深处外星同类的好奇、渴盼与寻找一直未曾停歇过，将人类的生命种子撒向适宜生存和发展的太空疆域的梦想与探索永无止境。这一切正如参加2003年2月4日哥伦比亚号遇难航天员追悼会的各界人士所说的，"将地球、空气和重力抛在身后，是人类自古以来的梦想"，是啊，尽管在征服宇宙的旅途上充满风险，人类不应该、也不会放弃飞向太空的梦想。诚如斯言，太空梦想以及为实现梦想而进行的艰苦卓绝的奋斗，使人类变得更加伟大。

2006年10月

# 一粒种子的力量

一粒看似柔弱的种子，却能在大漠之疆、万仞之崖破土穿石，傲然成长，这是怎样的一种力量？这是怎样的一种精神？它让我联想起我们人类自身的发展与进步：几乎人类文明史上的每一项发明、每一次探索与尝试，都犹如一粒种子，一个小生命体，在最初的时候它虽显娇弱孤仃，如寒冬枝头花、风中星星火，但是假以时日，却能铺开一片春花烂漫，燃成燎原之势。

回溯19世纪30年代，法拉第发现电磁感应现象，那个时代的人们也许永远也不会预想到，这粒神奇的发现之火种在不到一百年的时间里，就已经"燎"遍了整个世界，将人类送入以电能、电力为标志的"电气时代"，迄今，我们依然没有走出它所带来的影响。20世纪30年代末，阿塔纳索夫设计出第一台计算机，谁也没有料到那个笨重的东西经过几十年的发展，竟如同一粒树种，生生不息，代代相传，如今已经遍布在世界的各个角落，让人类享不尽其累累硕果的甘美芬芳。这种俗称为"电脑"的计算机恰似"旧时王谢堂前燕，飞入寻常百姓家"，它携带着高速发展的互联网，让世人的时空感发生骤然改变：从此天涯不再遥远。

在航天领域，也演绎着同样的传奇。20世纪中叶，人类还只是试探性地伸出一脚，触踏太空肌肤，而今天，我们的载人飞船与航天飞机频繁地往返于天地间。2001年世界上第一个自费太空游客蒂托从国际空间站安全返回时，私人太空旅游开始向普通民众揭开它庄严神圣的面纱。虽然高达2000多万美金的高昂费用让普通人望而却步，但是太空旅游已经犹如一粒充满生命力的种子在人们的意识里生根发芽。平民何日能够如同乘飞机出去旅游一样进行太空旅游已经成为大家关注的话题，我们也坚定不移地相信那一天会如期到来，三十年或五十年，时间会见证这一切。这也是我们策划本期专题《下一站，太空》的一个初衷与设想，而如何缩短这种太空游理想与现实的距离，同样也是我们航天人穷毕生精力为之探索、研究、追求的一个宏伟目标。

当我码下上面这些文字的时候，本刊迎来了它的周岁生日。一粒航天科普的种子，一年来，在广大热心读者细心呵护、浇灌培育下，虽然栉风沐雨，力量柔弱，但它仍然坚强地在生根发芽，抽枝长叶。我们可以预想它未来成长为一棵参天之树时的倔强，想象它孕育出一片葱郁之林时带给人的震撼——因为，我们坚信一粒种子的力量。

2006 年 12 月

2009年3月受聘清华大学双聘教授并作航天医学工程学术报告

2009年3月指导飞船环控生保系统研制试验（左为时任航天员中心环控生保研究室主任高峰）

2009 年 5 月访问莱斯大学并受邀到校长李达伟（左二）家中做客

2009 年 5 月访问美国航天医学研究所与所长萨顿博士（右三）座谈

2009 年 5 月访问美国休斯敦中心在阿波罗登月指挥控制室与四次上太空的华裔航天员焦立中（左三）及 NASA 前航天员管理中心主任乔治·艾比（右三）等合影留念

# 科技，神话的颠覆者与缔造者

今年，承载着中华民族千年梦想和期盼的嫦娥一号即将奔向我们熟悉而又陌生的月球，现代航天科技将对我们耳熟能详的神话——"嫦娥奔月"进行一次真切的演绎与诠释。

早在2006年，中国高等学府清华大学的师生们所进行的一场意念拨电话、意念踢足球的实验让只有在神话中才存在的"意念移物"成为现实，《意念移物不是神话——脑机接口技术有新突破》将为你展示这种由科技诞生的"新神话"。这种使意识转化为直接力量的脑机接口技术由于其创意独到、实用价值潜力巨大而备受人们关注，并被美国《探索》杂志（Discover）评为2006年七大技术突破之一。

滴水可见太阳，科技的发展，已经让我们进入到了人类有史以来最伟大的革命时代：科学理论不断创新，多种带有革命性质的技术，如航天技术、网络技术、纳米技术、基因工程技术等一路高歌猛进，势如破竹。可以说，科技改变了一切：它让世界神奇突变，它让梦想得以实现；它不断颠覆古代神话的根基，它又不停地缔造新的神话。

我们知道，古代神话产生于人类成长的童年时期，是人类对太阳东起西落、月亮阴晴圆缺以及刮风下雨、电闪雷鸣等自然现象无法理解而心存敬畏的一种心理的外在表现。在我国，许多神话如后羿射日、嫦娥奔月、女娲造人至今仍然脍炙人口。当然，它们存在的价值是作为一种民族传统文化的元素而流传下来。随着科技的进步、社会的发展，人类对宇宙以及自身等未知世界的认识逐步提升，人们慢慢知道天上没有九个太阳，知道月亮上面没有嫦娥和玉兔，知道人类是由简单到复杂、由低等到高等逐步进化而成的……神话、图腾膜拜的威严和神圣在人们的心目中逐渐远去，只剩下一个文化符号和想象的影框留存于心底，从这个角度上来说，科技的进步一步步颠覆了古代神话支配人们生活和思想的根基。

而随着科技再进一步的发展，人们就可以让原先神话中的奇特想象变成现实或者正在变成现实。古代神话中的"天神"有千里眼、顺风耳，能上天遁地、呼风唤雨，神的这些"功能"和"威力"，在20世纪末期人们就已经完全实现了。中国神话小说《西游记》中的孙悟空可以变成小虫子钻进铁扇公主的肚子里，他的金箍棒可以缩成一根绣花针放于耳内。这在以前看来是不可思议的，但是，现在超微型遥控机器人，已经进入人体血管中穿行，并能消除癌变病灶，修复受损的细胞组织，或程控糖尿病人胰岛素的注射量。这无疑是神话中的孙悟空难以企及的。现在，星际飞行、试管婴儿、克隆技术这些在以前看来根本不可能的事情也都已经梦想成真。我们只能这么说，在科技面前，种种"不可能"似乎都有可能，个个新的神话都有可能得以缔造。而实际上，科技能够创造这一切，改变这一切，它本身就是一个让人为之叹服的神话！

2007 年 4 月

# 年轻是最好的平台

我时常想，年分四季，对应到人，那么童年应为春，春花烂漫；青年则如夏，激情似火；中年是秋，醇厚甘甜；到了暮年，是为沉静萧瑟之冬了。四季无好坏，各有各的特点和风景，人亦如此。

如果我没记错的话，去年的《航天员》杂志6月刊乘着四年一度的世界杯席卷而来。专题取名为《航天梦之队》，带有年轻、拼搏之意，不仅与狂热的世界杯相合，也与火热的时令相合，但最重要的是，它表达了一个年轻的航天团队最初的梦想和誓言。无独有偶，今年6月的特别策划，说的也是年轻的话题。

可以说，这一次我们奉献了一个年轻的盛宴。在这里，不同国籍、不同肤色的年轻大学生凭着自己的兴趣和爱好干着自己想干的事情——制作卫星，发射火箭，设计太空实验、月球车。他们不再是那群只会在环境优美的大学校园里简单牢骚的"垮掉的一代"，他们同样能吃苦、能攻关、能战斗、能奉献。

他们说"我还年轻，我渴望上路"，"不是不想干，而是苦于没有发挥的平台"。他们衷心地感谢欧空局的SSETI（欧洲学生太空探索及技术倡议）、SUCCESS竞赛（欧洲学生国际空间站应用创意大赛）、YES计划（年轻工程师卫星计划）、SPFC（学生抛物线飞行体验）、STRAPLEX Balloon-Campaign（同温层气球升空实验竞赛）、中国北航大学生火箭项目为他们提供了极好的实践平台。

其实除此以外，美国NASA设有新概念研究所，百年挑战大奖，只要你有想法、有创意、有行动，在航天的大舞台上，你也可以展现。也许世界第一个私人航天器太空船1号设计师伯特·鲁坦应该感谢彼得·迪曼蒂斯，正是因为这位"安萨里X奖"创始人不顾一切反对，筹集资金，鼓励私人参与航天，鲁坦才能发挥创意，从而赢得1000万美金的大奖。然而金钱的奖励永远都不是最重要的。有些人在不经意间就能打开另一扇门，开启另一个时代——私企开始介入航天市场，推动私人航天时代快速前进。毫无疑问，他们的活跃让航天更加贴近普通百姓生活，让更多人能圆梦太空。

"给我一个平台，我就能开创一个时代。"拥有充沛的精力、创意的想法，年轻不就是最好的平台吗？在即将召开的第十六届"人在太空"国际宇航学术会议上，一些航天前辈将光临北京，或许到时候我们不仅能在航天科研上进行理性的探讨，更可在私底下就关于年轻、梦想的感性话题侃侃而谈。

2007年6月

# 向月亮许愿

梦想的星光穿越千万年的宇宙，翅膀轻轻地遨游于太空——童年里的那根风筝线要放得够长，风筝才能飞得够高。在8月下旬举行的第二届中国航天员体验营上，看到一张张年轻、生动的脸庞，我仿佛看到一只只迎风起舞的小风筝，他们色彩斑斓，渴望蓝天，渴望着飞翔。

我很荣幸能为他们提供这样一个小小的平台，尽管时间很短，但我希望他们站在空旷的航天城里，走过中国航天员生活训练的每一个地方，与航天英雄会面，倾听前辈的讲座时，都能汲取力量，坚定自己的方向。"古之立大事者，不惟有超世之才，亦必有坚忍不拔之志"，我们把线放长了，自己好好飞吧。

另外，就在中国航天员体验营行营期间，南京三中的学生与距离地球表面300多千米的国际空间站上的航天员克莱顿·安德森进行了一次激动人心的"天地对话"，这是我国中学生首次与国际空间站上的工作人员通过无线电进行即时交流。时间再往前推一下，8月14日，爱达荷州18名4至8年级学生在州首府博伊西的学生活动馆认真倾听了教师航天员芭芭拉·摩根在太空中为他们精心准备的一堂课——对于热爱航天的学生来说，这是多么幸福和兴奋的事情！

兴奋的事其实还有很多。引人注目的是美国的凤凰号火星探测器开始了它遥远的旅程，这个寓意着"浴火重生""凤舞九天"的家伙寄托了人们太多的希望。它携带着"七种武器"，将在那个红色的星球上蹲点三个月，给人类带来火星新数据、新发现的希望。

无独有偶。9月14日，日本航天也传来了好消息。月亮女神号绕月探测卫星搭乘H-2A-13火箭，从日本南部种子岛宇宙中心升空，开始了它为期一年的探月之旅。而它的任务是为判断月球上是否曾经存在岩浆海洋寻找确切证据，分析月球的磁场状态，为月球上是否存在水寻找答案。

再过一阵子，中国的嫦娥一号探测卫星也要发射了，它寄托着中国人的希望。而海南文昌也将建设新的航天发射场，真是好消息。都说月到中秋分外明，今夜，那个在晴朗的夜晚都可以见到的圆盘让这寂静的航天城洒满了光辉。我不禁想起体验营那帮可爱的孩子，他们在望月观星时满脸的好奇与希冀。我当然深知月亮里没有嫦娥和桂花树，但那无疑给人大量的想象。也许还有别的呢？我心里突然升起很多愿望，愿中国的航天成功圆满，愿中国的航天科普成功圆满。这些愿望如同长了翅膀，向天空飞去。

2007 年 10 月

# 太阳不远

《世说新语》有个故事，相传晋明帝小时候坐在晋元帝膝上，元帝问他："长安远还是太阳远？"明帝答："太阳远。"因为只"听说从长安来的人，却没听说从太阳来的人"。元帝大感惊讶，第二天又在百官面前问明帝同样的问题，没想到明帝却说："长安远。"元帝奇怪地问，为什么隔了一日答案却变了，明帝说："因为抬头就可见到太阳，却看不到长安。"

中国人观测并记录太阳的历史甚早，在殷商甲骨文中就有关于日食的描述。但人类自古就"坐地观天"，认为天象的变化与世间人事串起种种因果关系，中国古代对天文现象的观测多半包含重要的政治或道德的目的。因此最早有系统观测和记载许多天文现象的中国文化着力有限。这是不是因为对于古老的中国人而言，"长安"总是太近，而太阳总是太远呢？

到了今天，人类对太阳、太阳系，乃至整个宇宙知识的进展如此神速，宇宙万象从引来人们关于政治、道德的联想逐渐被好奇和征服的雄心所代替。另一方面，科学家关于地球将变成滴水不剩的不毛之地的警告也促使人们思考未来。尼采说："人需要的，是能活下去的意义；你们的光荣，不是你们从何处来，而是你们往何处去。"自从达尔文解释了人类从何而来以后，更重要的生命问题、归宿问题摆在了我们面前。

对于一个不安全的地球来说，生活一部分意义开始转向别处。"长安"很近，"太阳"真的就那么远吗？当我们将希望的目光投向浩渺太空的同时，也拉近了与太空的心理距离。于是，天崩地裂、电闪雷鸣算得了什么呢，我们都要上去一探究竟。

对生命的探寻从水开始并非随意为之。宇宙生物学的基本出发点是，生命傍水而衍，与水同在，四大文明古国无一例外都诞生于大河流域就是明证。这次外太空寻水之旅重点放在太阳系，主要还是根据目前人类自身的探测能力。

基本上所有的文章都难以定论，对于长久生活在地球上的我们来说，最神秘莫测的莫过于宇宙的其他星球了。也许那里空气稀薄如死神之地，那里的沙尘飞扬犹如恶土，干燥远甚战场上的枯骨，有时撒旦之吻也难敌凛冽之意，有时又如被太阳拥抱让人痛苦难眠。可谁能确定这荒凉、空洞、沉闷而古老的星球就没有水，没有生命呢？

我也不知道。人类的寻水之旅才刚刚开始，可终有一天我们会知道的，在各国的探测器如青鸟般纷纷代为探勘之后，人类就会慢慢登临，那时"太阳"就真的不远了。

2007年12月

# 四十年的春天

4月的窗外，已是莺飞草长，春暖花开。

与往年不同的是，这个4月于我来说，又显得那样地特别和喜庆，因为中国航天员科研训练中心迎来了她的四十华诞。作为一名在中心工作了近三十年的航天人，一项伟大事业的见证者和参与者，我倍感激动和亲切。

四十年前的中国，无论是经济实力还是科技水平都远落后于西方发达国家。在当时的条件下涉足载人航天领域，需要何等的勇气和魄力。历史呼唤英雄，英雄也应运而生。1968年4月1日，我国唯一从事载人航天任务的医学工程单位，中国航天员科研训练中心的前身——宇宙医学及工程研究所正式创立，揭开了航天医学工程研究以及航天员选拔训练工作的序幕。

四十年筚路蓝缕，四十年开拓进取，经过中心几代航天人的不懈努力，中心创建了具有中国特色的航天医学工程学科体系，锻炼造就了一支高素质人才队伍，建成了初步配套能保障航天员选拔训练、航天医学工程基础研究和工程研制与试验的大型地面模拟设备和设施群。尤其自1992年国家正式启动载人航天工程以来，中心承担了航天员系统和飞船环境控制与生命保障系统的研制和试验任务，选拔培养了以航天英雄杨利伟，英雄航天员费俊龙、聂海胜为代表的中国首批航天员队伍，圆满完成了以神舟五号、六号为标志的一系列重大科研试验任务，研制了环控生保、舱内航天服、航天食品、训练模拟器等上天产品和地面设备，为中国载人航天飞行的圆满成功做出了突出的贡献。具有中国特色的航天员科研训练中心已初具规模。

伟大的事业孕育伟大的精神。四十年来，中心在自力更生谋发展、艰苦创业求创新的发展道路上积淀并形成了深厚而独特的巡天文化。她体现在弘扬"特别能吃苦、特别能战斗、特别能攻关、特别能奉献"的载人航天精神的前提下，形成的"没有创新就没有发展"的创新文化，"航天员在我心中，航天员安全在我手中"的质量文化，居安思危的忧患意识以及以人为本的人文理念等。这种文化力量深深熔铸在中心的生命力、创造力和凝聚力中，取之不竭，用之不尽。

吹面不寒杨柳风。站在中心成立四十周年的节点上，过去仿佛浓缩成一道春天的风景，给人留下的是自豪和欣慰——我们没有虚度年华，没有辜负祖国和人民。

新时代，新起点。我们将以高度的责任感和使命感，传承并发扬巡天文化，朝着建设世界一流航天员中心的大方向、大目标，同心协力，奋勇向前。

谨以此文纪念中国航天员科研训练中心成立四十周年。

2008年4月

# 希望与中国同在

5月19日至21日，时间见证一个民族的哀伤。

自"5·12"灾难发生的那刻起，汶川的时间便以血泪生死来凝记，国人的心情亦因大痛大悲而郁积。三天的哀悼日，让悲痛得以表达，也让坚忍得以持续。无论是雪域高原、边陲海疆，还是繁华都市、偏僻县乡，汶川，成为亿万中国人血脉同搏之所在。13亿中国人以共同的悲伤共度刻骨铭心的瞬间，让罹难者的生命在祖国的记忆里永存。

在这场灾难里，我们看到的不只是举国同悲的恣肆泪水，更是万众一心的民族精神。"汶川不哭"，"中国加油"，大地震中穿越生死的深情呼唤，哀悼日里高亢悲壮的激昂呐喊，当是我们哀思过后所有力量和信心的源泉。而这一切，是进步的中国对生命价值的尊重，是发展的中国在人文精神上的回归，是历经磨难的中国在民族复兴征途上力量的凝聚。

汶川作证，祖国与人民同在。"人民利益高于一切"，"一线希望，百倍努力"，大震之后，党和政府始终如一地坚定信念，支撑着感天动地的举国大救援。第一时间公布信息，争分夺秒抢救生命，开放国际救援队进入灾区，设立哀悼日降半旗祭奠罹难者……对生命敬畏、对人民负责、对世界开放，让世界看到一个坚强自信、开放透明、以人为本的中国。

汶川作证，爱心与希望同在。在这场新世纪以来死伤最为严重的地震灾难中，呈现于世界眼前的，不只是哀伤，更有生死瞬间的人性光辉。即使在死亡阴影笼罩的日子，那些爱与献身的故事仍给人以温暖的慰藉。父母张开双臂把生的机会留给孩子，老师俯身低首支撑生命的港湾。我们的民间抢险突击队日夜兼程驰援灾区，救灾志愿者不避艰险奔赴一线……全国人民上下同心守望相助。

中国航天员中心作为国家培养航天员的摇篮，也在此尽一份微薄之力。我相信，由点滴汇集的小爱终成大爱，随灾难而来的困难终将成就我们的坚强。就像恩格斯所说："没有哪一次巨大的历史灾难不是以历史的进步为补偿的。"给国家新期待，给民族新精神，我相信，对于历经磨难的中华民族而言，汶川大地震是一个悲壮的过去，更是一个伟大的开始。

希望与中国同在！

2008年5月

# 中国让世界无眠

2001年7月13日22时，13亿中国人屏住了呼吸，静静地等待着一个西班牙老人的声音。当时任国际奥委会主席的萨马兰奇先生庄严宣布，北京成为2008年奥运会主办城市的那一刻，北京沸腾了，中国沸腾了！960万平方公里的土地顷刻成了欢乐的海洋，无数的喇叭声在夜空中鸣响，无数人的眼泪在夜色中飞舞，那一夜，北京无眠，中国无眠。

2008年8月8日20时，全世界屏住了呼吸，静静地等待着中国时刻的到来。从莫斯科到北京七年又二十五天的等待，奥运终于穿过历史长河、跨越千山万水，从古希腊文明代表的爱琴海来到象征古老中华文明的长城脚下。当象征着二十九届的二十九个由焰火构成的脚印来到鸟巢的上空时，全世界被中国的浪漫和想象力倾倒了。我相信，那一夜，中国让世界无眠。

中国的浪漫和想象力源于自信，而这种自信建立在国家经济与社会发展和整个民族的文明进步上。一流的奥运场馆和先进的城市基础设施，优美的城市环境和热情的市民参与，无微不至的志愿服务和严密细致的安全保卫，高度开放的媒体空间和精益求精的组织安排，赢得了各个国家和地区参赛人员以及游客的一致好评，国际奥委会主席罗格更是用"完美无瑕"来评价北京奥运会的组织工作。

北京奥运，是中国的选择，也是世界的选择。因为她是奥林匹克运动在全球普及发展的必然结果，是中国三十年改革开放、和平发展应得的荣誉，是国际社会对一个负责任的发展中大国的认同。"绿色奥运、科技奥运、人文奥运"的实践证明，北京奥运兑现了中国对国际社会的郑重承诺，实现了中国人"给中国十六天，还世界五千年！"的奥运梦想。

不久后的金秋时节，承载中国人下一个梦想的时刻又将到来，"神七"飞天，航天员出舱，这是中国载人航天事业又一次新的跨越！我们坚信，在党中央的英明决策和全国人民的大力支持下，通过全体航天人的不懈努力和开拓进取，中国有能力再一次圆梦太空，继北京奥运后，为2008的中国续写传奇，为人类和平开发和利用太空增添新的力量！

中华民族的千年飞天梦想和百年奥运梦想，是中华民族自强不息、锐意进取精神与更快、更高、更强奥林匹克精神的完美契合。航天英雄杨利伟，英雄航天员费俊龙、聂海胜手中的圣火不仅点燃了所有航天人的激情，更体现了航天人对"更快、更高、更强"的追求。北京奥运的完美谢幕，是中国之幸，也是世界之幸，相信"神七"飞天的成功实现，将再次让世界无眠！

2008年8月

2009 年 5 月在休斯敦
参加国际航天医学峰
会并作特邀报告

2009 年 5 月在休斯敦
参加国际航天医学峰
会并担任共同主席

2009 年 5 月在休斯敦
参加国际航天医学峰
会期间与美国首批登
月航天员奥尔德林
（右）和华裔航天员
焦立中（左）交流

2009 年 9 月在浙江大学作关于神舟七号任务的讲座

2009 年 10 月在韩国出席国际宇航联大会与韩国首位女航天员李素研（右五）一起被授予国际宇航科学院院士称号

# "飞天"梦圆

2008年9月27日16时41分。

浩渺宇宙，敞怀相迎，芸芸众生，共同见证，神舟七号任务航天员翟志刚在同伴刘伯明、景海鹏的协助和支持下，打开飞船舱门，迈出了中国人在茫茫太空中的第一步。这一步，虽清逸飘然，似了无痕印，却清晰地烙在了每一个炎黄子孙的心坎里。

这一步属于中国，这一刻属于中国。

整个出舱活动过程中，身着我国研制的舱外航天服的翟志刚，如同系在"神舟"舷上的一块灵动的汉白玉，飘浮，移动，一举手一抬足，俯仰之间，风姿绰约……

舱外航天服是"神七"任务的关键装备。为了打造这样一件"黄金战甲"，在载人航天工程总体的指导和支持下，中国航天员科研训练中心携同国内几十位专家、学者以及三十多家外协单位，历经1000多个日日夜夜，上下一心，众志成城，终不负所望。就在全世界的注目下，中国人自己研制的舱外航天服惊艳登场，并完美谢幕。几多欢笑，几多辛劳。付出，拼搏，努力，求索……所有这一切都在翟志刚左臂印有"飞天"二字的袖标上熠熠生辉。

这黄色袖标上的红色"飞天"二字乃中共中央总书记、国家主席、中央军委主席胡锦涛在听到我国的第一件舱外航天服研制成功，并将执行神舟七号出舱活动任务时欣然命名，亲笔题写。

用"飞天"来命名中国的舱外航天服可谓贴切备至。它既体现了中华民族沉淀千年的浪漫情结，同时也充分肯定了几十年来我国载人航天事业所取得的成就。从月里嫦娥到敦煌仙女，从鲁班造木鸢的神奇传说到万户以身试飞的大胆实践，"飞天"，对于中国这个有着几千年文化和历史的古老国度来说，是不变的梦想，是恒久的追求，是永不止步的探索。

"飞天"是一种力量，厚积薄发，绵延不绝；"飞天"是一种情怀，胸怀大志，志存高远；"飞天"更是一种姿态，一种正在不断发展和壮大中的大国所应该具有的姿态。改革开放三十年，中国以另一种独具特色的方式引领着全国人民奔向美好的未来；载人航天四十年，自强的航天人以前所未有的激情和斗志让中国的步伐更快、更矫健、更精彩!

"飞天"还是一声呼喊,一种召唤,一腔热血。五年前,"神五"返回舱安全着陆后航天员杨利伟自主出舱,他说的第一句话是:"我为祖国感到骄傲!"五年后,同样的一句话,航天员翟志刚在太空中再一次深情道出。天地同音,这不是简单的巧合,而是所有航天人、所有华夏儿女的共同心声。

"神七"任务神奇,神气,天马行空,飞天梦圆。然而,成功并不代表成熟,一切仍要从零开始,因为接下来我们还要进行空间交会对接、发射空间实验室、组装空间站、登陆月球……路还很长,挑战还很多,需要付出和努力的也还很多。对于航天人来说,我们没有停歇的脚步,只有奋进的号角。

2008 年 10 月

# 纪念过去，是为了探索未来

今年是国际空间站发射十周年纪念。十年历程，一个符号，神话般地记录着人类航天的勇气与执着。

国际空间站从1998年发射第一个组件开始至今，在美、俄两国为首的十几个国家的共同努力下，以燕子衔泥造窝般的耐心，在太空组建起一个供人类长期试验和居住的"行宫"，将人类活动长居梦想定格在大气层外。虽然它的组建和运行不是一帆风顺，虽然它的下一步走向依然不太明确，但是，无论从航天技术还是从国际间的合作角度来说，它的建立与运行依然为后续的航天奠定了一个优异的技术基础，为抵肩而来进行空间站研究的国家提供了一个良好的坐标或参照系数，为未来人类航天和深空探索而进行的国际合作准备了一个不错的范本。

除了国际空间站建站十周年，今年还有许多值得纪念的航天周年事件：中国首次载人航天飞行五周年纪念；俄罗斯暴风雪号航天飞机发射二十周年纪念；同时，中国航天员科研训练中心也迎来了她的四十华诞；此外，美国国家航空航天局（NASA）也迎来建局五十周年纪念……

这一个个曾经发生过的航天事件在若干年后被人们重新忆起时，人类航天短短几十年的足迹，就在回眸一望的刹那间历历在目。

这足迹、这道路，虽然艰难曲折，但却一直坚定地延伸至今。循此回望，航天探索路上的那些人物，那些瞬间，慢慢逼近眼前，虽已新旧不一，但也从未褪色。

纪，丝别也；念，常思也。为了纪念，可以图文并茂历数辉煌业绩，可以浓墨重彩书写奋斗历程，可以杯酒相庆感慨物是人非。纪念的是昨天，展望的是明天。纪念过去的核心就是对一段历程进行总结，反思未来之路向何处延伸。个人的成长如此，集体的进步如此，载人航天事业的发展亦如此，即在纪念的过程中梳理一个机构本身和航天发展的脉络，规划下一步的发展方向，提炼航天人继续前进的信心与勇气。只有这样，航天探索的步伐才能在险恶的关口改变航向、扭转乾坤，才能在平和发展的道路中薪火相传、绵延不绝。

纪念过去，不只是将目光引向从前，更多的是让理性的光辉照亮前行的道路，以更具探索的姿态面对航天的未来。

2008 年 12 月

# 共同维护我们的太空

3月，草儿耷拉着耳朵，匍匐在难以发现的低处，尽情欣赏鸟雀的情歌蜜语。

3月，花儿翕动着芳唇，端坐于乍暖还寒的枝头，怡然品咂春光的绵软醇厚。

3月，全国两会胜利召开，为破冰远航的中国谋划出风平浪静的蔚蓝海域。

3月，嫦娥一号以粉身碎骨的激情献身丰富海，为中国探月一期工程画上圆满句号。

然而，早些时候发生在西伯利亚上空约790千米处的美、俄卫星相撞事故，却使浩瀚天宇蓦地增添了几许沉重和悲切，同时又将人类惊讶的目光再次聚焦到苍茫太空。这突如其来的一撞，将太空安全和太空环境的警钟轰然撞响；这史无前例的一撞，将航天工作者和太空环保人士的忧患意识再度撞醒。

自1957年10月4日苏联将第一颗人造卫星送上太空以

来，已经有6000颗左右的卫星被送入太空。太空早已被各类高速运行的航天器搅得"心神不宁"，早已被人类进行航天事业时制造的各种垃圾"装点"得面目全非。

随着人类向太空发送航天器的数量与日俱增，太空交通安全开始受到严重威胁，尤其是地球同步轨道上，简直"星满为患"。据美国忧思科学家联盟截至今年1月21日的统计数据，目前有来自115个国家的905颗人造卫星在地球轨道上运行，最为拥挤的地球同步轨道上的卫星为366颗，近地轨道（高度在2000千米以下的近圆形轨道）上有442颗。

因此，不得不引起我们对太空交通安全的深层忧虑，也不得不引起我们对合理利用太空的广泛思考。一方面，迄今为止人类并没有像对地面交通、海洋航运、空中飞行那样，制定出相应的太空交通法规，使高速运行的各种航天器得到有序和有效的管制；另一方面，人类在探索太空时制造的垃圾越来越多，这些飘浮在太空中的"冷杀手"，稍不留神就会危及航天器和航天员的安全，但目前人类控制太空垃圾和治理太空垃圾的法规几乎还是空白。

作为航天大国的重要成员之一，中国必须以大国的胸怀和气魄，自觉地维护太空安全、维护太空环境，主动承担责任和义务，积极争取话语权，扩大影响力。

维护太空环境，事关人类的生存和发展，迫不及待；维护太空安全，需要从现在起就迈开步伐，刻不容缓。

人类只有一个太空，决不允许肆无忌惮地去破坏！否则，我们将遭受灭顶的惩罚。

2009年4月

# 太空是个美丽的地方

"弯弯的月儿小小的船/小小的船儿两头尖/我在小小的船里坐/只看见/闪闪的星星蓝蓝的天",这首美丽的儿歌,曾把懵懂的我们带进遥远而神秘的太空。

"我想那缥缈的空中/定然有美丽的街市/街市上陈列的一些物品/定然是世上没有的珍奇",这些清朗的诗句,曾把好奇的我们带进美丽无垠的未知世界。

太空的确是个美丽的地方,充满诱惑,充满神奇。苏联航天员加加林告诉我们:"天空是漆黑的,在黑色天空的背景上,星星看起来要亮一些,也更加清楚。地球有一个很特别的、很美丽的蓝色晕圈,你观察地平线时,可以很清楚地看见色彩平稳地转变,从嫩蓝到蓝色,再到深蓝,又到紫色,然后变成太空的漆黑色。这个转变太美了!"美国航天员丹·塔尼则用手中的相机,在太空中将加勒比海上的暗礁、南美巴塔哥尼亚的冰川、加拿大落基山脉、国际空间站上的日落等美景一一拍摄下来,带给我们不同凡响的艺术享受。

相对于丹·塔尼的太空镜头，哈勃空间望远镜用高级巡天照相仪、成像光谱仪等尖端设备拍摄的宇宙奇观和天体现象，则更加震撼心灵，更加容易唤起我们对太空的美好想象和无限神往。迄今为止，"哈勃"共拍摄到各类宇宙奇观和天体现象的照片57万多张，拍摄距离从上千光年到上万光年再到上亿光年，有些甚至遥远得让我们不敢想象。

太空广袤、深邃、神奇、美丽，千百年来，人类对太空的探索始终热情饱满。从最初运用肉眼观测星象，到运用地面望远镜观测日月星辰，再到运用空间望远镜拍摄天体现象；从探月、登月工程逐步实施，到国际空间站的建设和使用，再到地外行星探测、登陆计划全面进行等，无不显示出人类征服、开发及利用太空的勃勃雄心，也许未来的某一天，人类果真会在遥远的火星或者其他宜居星球上安居乐业。

就像地球属于全人类一样，太空同样是属于全人类的，因此在探索和利用太空的过程中，无论是科技强国还是科技弱国，无论是经济大国还是经济小国，都应该从和平、科学的角度出发，且必须自觉承担维护太空环境的责任和义务。

2009年6月

# 登陆火星不再遥远

遥望夜空，繁星点点；星际航行，天路茫茫。

四十年前，阿波罗11号载人登月，将我们的脚步延伸38万千米。由此获得成功经验的我们，对太空探索的热情更加风吹草长，日益蓬勃。

我们更愿意相信，除地球以外，浩瀚的宇宙中还存在着拥有生命的别样星球，还传承着古老灿烂的地外文明，还隐藏着可安居乐业的第二家园。

家园是一柄大大的伞，遮挡出供我们栖息的阴凉；家园是一盆旺旺的火，散射着让我们温暖的光芒；家园是一根长长的线，导引着令我们牵挂的方向。

正是在这种情愫的推动下，我们首先将探索的目光集中在月球和火星，希望扩展生存空间。当发现月球的环境并不适宜人居后，我们便将迁居梦想更多地往火星移植。

火星——火红的星球，一直闪烁在遥远的银河岸边，以深邃和缥缈，以神秘和诱惑，点燃我们求索未知世界的欲望和激情，照亮我们探索外层空间的征途和脚步。

事实上，自被发现的那一刻起，我们对火星探索就从未停止过。但由于距离遥远，加之科技水平有限，千百年来并没有取得很好的成绩。直至20世纪60年代初，苏联发射首颗火星探测器以后，我们对火星真面目的认识，才越来越深入，越来越清晰。

随着对火星的认识加深，我们登陆火星的愿望日趋强烈。我们希望在不久的将来，能够驾驶宇宙飞船，与火星进行零距离接触；我们希望在不久的将来，能够对火星的环境进行改造，开创美好的新家园；我们希望在不久的将来，能够在地外空间找到可能存在的智慧生命，和平发掘和利用宇宙资源。

这一切，登陆火星是关键。然而，理智告诉我们，登陆遥远的火星绝非易事！但我们坚信，登陆火星不再遥远。因为航天科技的长足发展，研制往返于火星的航天器已经不是难题。就连登陆火星过程中最难解决的航天员的生理和心理问题，我们也开始在模拟环境中通过真人试验进行分析和研究。

"火星-500"试验的顺利实施，意味着我们已经站在登陆火星的起跑线上，象征着我们已经吹响登陆火星的号角，激励着我们向比火星更遥远的天体迈进。

我们深情期待不远的一天，人类的足迹深深印进那个思慕过千年的红色星球，演化成不朽的科技文明，继往开来。

2009 年 8 月

# 我们，向祖国报告

十月金秋，万山红，长空碧；金秋十月，歌如潮，旗似海。

披着象征丰收和喜庆的金色大氅，共和国迎来六十华诞，华夏同庆，举国欢腾。

从紧张有序的飞控中心，到边远寂静的观测点；从宽敞明亮的火箭组装厂房，到灯火通明的研究所；从航天员挥汗训练的现场，到沙漠深处的发射基地，您的航天儿女来了。

我们，向祖国报告——

昔日荒芜的戈壁酒泉，早已崛起了一座现代的东风航天城，塔架下腾空而起的中华神箭，七次将我们的神舟飞船送上浩瀚太空；

我们，向祖国报告——

郑和也未能企及的大洋深处，有远望号测控船犁出的朵朵浪花，及时捕获的信号，让神舟飞船始终牵引着亿万国人的目光；

我们，向祖国报告——

舒缓的阿木古郎草原，早已听不见金戈铁马的回响，晨曦中嵌着露珠的萋萋绿草，三次拥抱了从太空凯旋的中华天骄；

……

六十甲子，祖国的载人航天事业经风历雨，日夜兼程。从无到有，从小到大，从弱到强，从飞天梦圆到信步苍穹，用辉煌的成就和累累硕果赢得了世界的掌声和尊重。

六十甲子，航天人用披肝沥胆的忠诚，矢志不移的信念，无惧无畏的勇气，书写着对祖国航天事业的深深挚爱，对祖国母亲的款款真情。

国庆的天安门广场，缓缓驶过的彩车上，航天英雄们以庄重的军礼，代表全体航天人向祖国报告——

鲜花和荣耀已属于过去，新的征程就在前方。交会对接，建立空间站，登陆月球，继而探索更遥远的深空……未来岁月里，我们必将继续攻坚克难，实现一个又一个新的辉煌。

2009 年 10 月

# 珞珈之忆

## ——理学院夜晚的灯光

时光犹如开弓之箭，一去便不回头！感谢造物主的恩赐，让人类在拥有生命的同时还拥有了不受时空束缚的思维。而记忆是人类思维里永不凋谢的花朵，它是唯一能属于我们自己的人生珍藏。我们无力挽住时光之矢前行的步履，但记忆却帮我们留住了岁月的痕迹，让每一个生命的历程充满意义而又有回味……三十年了，有份情愫至今无法释怀，有段记忆更是不能忘却——那就是武大之忆、珞珈之忆。

打开记忆的背囊，也唯有武大四年时光编织的故事最丰富最温馨最美丽。如今，追寻记忆深处而去，我无不动容于那"恰同学少年"时的意气风发与青涩懵懂，得意于名师英才满园荟萃与弘毅求是的校风传承，陶醉于校园樱花簇开、桂花溢香的浪漫品位，沉浸于琉璃瓦建筑在苍松翠柏间蕴含的古典儒雅，更有拂不去那一直在我心灵里萦绕和映照的理学院夜晚的灯光……

记忆中的老理学院像座城堡，既透着一丝东方古朴又融汇着大方的西洋风格，里面有几间大教室，是我们数学系上大课和晚自习的场所。它与我们数学系宿舍老斋舍相距不过一二百米，中间穿越一条幽秘的林荫小道。我敢肯定，这条道是最熟悉我的脚步的。四年里一千多个日日夜夜我与同学们几乎一大半是穿梭于这条路上的，目标却十分纯粹——去理学院汲取知识养分。白天，主要是数学大课，如数学分析、线性代数、常微分方程等，虽然老师们已在尽可能把枯燥的知识讲得幽默、生动些，但我们还是经常会在这里期待偶尔安排的一些文学艺术、政治经济类的名家讲座，真切体会到武大文理综合的优越。晚上的理学院，天一黑教室里的灯光都亮了，皎朗的月光倾泻而下让圆圆的屋顶笼罩一层圣辉，透过婆娑树枝望去好似顾盼流连的少女若隐若现十分迷人。数学系的同学用功是全校出了名的，教室里很快就座无虚席，当然常常也有些被书或文具占据的"空位置"。我与小谢同屋，经常结伴而去理学院晚自习。一般，我们会在晚饭后打打球跑跑步活动活动再去，每次一进教室就发现系里的几位女生早已就位在聚精会神地刻苦攻读了。尤其坐在我邻侧的一位女生让我记忆深刻，她身材娇小，端庄的脸上总是一抹稚嫩粉红，鼻梁上架着一副深蓝色眼镜显得特别文静秀气。她与我不同班，年龄同我相仿，入校时不过十五六岁。她人虽小，在班上学习成绩可属于拔尖的，据说还是书香门第出身，这让我这农村出来的"土娃子"既有七分羡慕又有三分敬畏。她每次几乎都先到，我们进来落座时旁边同学总要探个头怎么的，可就是她始终纹丝不动，旁若无人般地专注于她的复习之中。有一天下午没课，我与小谢去汉口外文书店逛，回学校晚了，进教室一看坐满了人。两个老位置上分别放了一本英语书和一本数学书，我们正在位置前犹豫时，传来了一句十分轻柔的话语："给你俩留的。"声音是她的，但未见她转过头来。一时间我与小谢竟不知所措，好一会儿，还是小谢道了句"谢谢"把书递给了她，然后我们转身坐下，然后我感到一种前所未有的温暖袭上身来。还有一个周末的晚上，学校中文系办舞会，很多数学系的同学也起哄前往，小谢也去了，我不会跳也没兴趣去。宿舍一下空荡荡的，本想出去散步又没伴，一想还是去教室背单词吧，于是我揣上英语书便奔理学院去。熟悉的小道上依然弥漫几分树叶清香，理学院教室里射出的灯光依然柔和而迷人，它牵引着我匆匆的步伐。轻轻推开教室门，眼前情景既在想象之中又在意料之外。偌大一教室，不过稀稀拉拉三五人而已！就在我熟悉的一隅，一个熟悉而孤单的身影依旧在那个熟悉的位置上。她没去跳舞？周末的时光还要在教室里度过？坐下后，我忍不住微微侧过身去打量她，没想到她也侧过头迎了过来。四目相接恍若电闪雷鸣，这是我第一次近距离正视她的脸，我看到那俏丽的面颊上挂了丝微笑。"你来了，我还以为你们都不来了呢。"依然是那轻柔的声音。我搪塞般地"哦"了声便慌忙低下头去，不知怎的，脸上居然涨满了潮红，心还扑通扑通地跳得厉害。更为可笑的是，那一晚，一个英语单词也未能背下！这些往事虽然琐碎而遥远却像陈年酒一样越酿越醇香。毕业一别，三十多年过去了，而今我们都快近"知天命"的年龄了，各自成家立业，彼此之间却无音讯。据其他同学说，她早已移居国外，事业上也颇有成就，而小谢毕业两年后留学美国也未再有消息。那年同学们倡导毕业二十年回母校相聚也未联系上他们，甚为遗憾。不过，同学们对他们都寄予了美好的祝愿，同时我们相信远在异国他乡的他们也会经常想起在母校学习生活的一点一滴，惦念着珞珈山上的一草一木的，特别是那理学院教室伴过我们多少个夜晚的灯光……

　　心灵里有灯光记忆便没有黑暗，路前方有灯光航线便不会走偏!

理学院夜晚的灯光啊,那是点亮并温暖了我记忆的灯光,是我人生道路永不熄灭的灯光,无论是荆棘坎坷还是惊涛骇浪,无论是戈壁荒漠还是天路茫茫,它将一直指引照亮我奋勇前行的方向……

原文为《武大校友通讯》2010第1期卷首

# 生命的力量

今年的春天没有如期而至，冬天似乎迟迟不肯谢幕。在我的记忆中，还没有哪一个冬春之交像今年这般阴冷沉闷和漫长，人们在浮躁不定、惊恐不安中承受着接踵而来的伤痛煎熬：海地、智利大地震恸惊全球，冰岛火山大灾肆虐欧洲，国内多年未遇的雪灾和旱灾还未平息，"4·14"青海玉树大地震又再次撕碎了人们的神经！还有国内王家岭空前的矿难……人类在大自然面前再一次感到了渺小，然而生命在灾难中却迸发出不屈的顽强。无论是黑暗中的呻吟，还是废墟里的呼叫，那是生命与死神的抗争，那是生命对春天的渴望……

春天是新生的季节，她总是要来的。当一场新雨过后，一片片嫩绿从草地里蹦出，一束束花朵缀上了枝头，爬墙藤缓缓舒展细细的手臂，在往外蔓延。我确信，今年的春天终于来了！她漫过河流山川，漫过高地平原，用生命的力量播撒着人间浓浓的暖意，让无数颗爱的种子在灾区人民心里生根发芽。"一方有难、八方支援"，第一时间救援救助、捐款捐物，灾难面前中国人民不仅弘扬了国际人道主义精神，还突显出伟大的民族精神和巨大的民族生命力。

在春的召唤下，种子开始发芽，花儿竞相开放，美丽的地球家园重新披上多彩的衣裳。人类赖以生存的地球家园会不会成为没有春季的荒芜之地，我们的心依旧在这个逝去的冬天后思索。今天，人类的目光早已投向茫茫宇宙，生命的足迹也在不断向外太空延伸，这是人与自然同样具有的生命的力量。在这个探索的过程中，人类应当怎样以一种宇宙观的视角，审视我们迄今为止生活居住的星球，探求地球生命的奥秘，继而以发展的眼光和关爱生命的方式，去保护大自然，关爱地球环境，是这个冬天的灾难给人类的警醒。因为——

生命的魅力不仅在于它衍生不息的顽强，更在于它与自然完美融合中彰显的无穷力量。

2010年3月

# 青春，可以"折腾"

巴金说："青春是美丽的东西，而且对我来说，它永远是鼓舞的源泉。"

当我在航天城第一次看到前来参加我国首次女性卧床实验的22名女大学生时，我想到了巴金先生的这句话。当我们每一个人在理想的激励下越过青春岁月，步入更加需要理智和经验来把握现实的人生阶段后，我们通常会为自己在年轻时"初生牛犊不怕虎"的志向和为之所做的努力而感动，甚至会因此受益终生。如今，奔赴天命之年的我和这群朝气蓬勃、满腔抱负的大学生再次相处的时候，从她们身上我仿佛看到了三十年前我们这代人的青春，以及青春所独有的兴致、激情和汗水、泪花。没错，青春永远是能为自己和他人带来鼓舞的源泉。

"相信梦想是价值的源泉，相信成功的信念比成功本身更重要，相信人生有挫折没有失败，相信生命的质量来自绝不妥协的信念。从今天开始我要微笑拥抱每一天，做一个像向日葵般温暖的女子。"——这就是22名志愿者在此次实验中表达出来的心声，同时，我相信这些话语所承载的思想也是她们在这次实验中得到的最大收获。19世纪英国著名外交官兼诗人李顿说过，青春的字典里没有失败的字眼。无论我们朝着理想的方向怎么"折腾"，得到的肯定都是收获。

我同时也惦念着在"火星500"试验舱中坚守了将近百日的中国志愿者王跃。像航天界的很多前辈一样，他也是在青春梦想的鼓舞下信心十足地走进了中国的载人航天事业，而今正怀揣雄心壮志以年轻人特有的姿态在世界航天舞台上开始崭露头角。我还想到了前段时间从祖国各地前来北京航天城参加航天员体验营的青少年们，他们同样以自己喜欢的正确方式践行着"年轻，没有什么不可以"的志向和魄力……

美丽的青春，鼓舞的源泉。青春，可以"折腾"。

2010年8月

# 载着梦想去飞

纪伯伦说："我宁可做人类中有梦想和有完成梦想的愿望的、最渺小的人，而不愿做一个最伟大的、无梦想、无愿望的人。"

人有了梦想，生活就有了目标和希望，就有了前行的勇气与力量。虽然每个人都会有梦想，但青春似乎更钟情于梦想。因为年少多憧憬，因为年少爱追梦！不是吗？我看到朗费罗穿越时空走来，轻声吟唱着拉普兰的歌谣："少年的愿望好似风的愿望，呵，青春的思想是多么、多么悠长！"青春的理想、少年的梦哪怕会结出青涩的果实，也要把花先开得烂漫而极致。

浩瀚宇宙，神奇而美丽，吸引着人类无数探求的目光，更是广大青少年寄托梦想实现梦想的地方！仰望天宇，一张张稚嫩的脸多少次为人类科技缔造的太空奇迹而动容欢呼，一颗颗年轻的心多少次为遨游太空的英雄们而骄傲神往！有人说，梦想一旦被付诸行动，就会变得神圣。为了这种神圣，年轻的王跃在遥远的异国他乡置身"火星500"实验舱里不断磨砺自己超越自己，日记里传递的那种惊人的淡定与坚持也远远超越了年轻的含义。他知道，他在载着人类的梦想"飞"呢，终点还在远方。而青春洋溢的学生们终于等到了亲身参与太空实验设计的机会，似乎遥不可及的梦想就在眼前，内心的激动溢于言表。他们挥洒激情，凝聚智慧，攻关克难，把梦想一点点展开塞进实验装置中让火箭载入太空飞翔……

年轻的《航天员》也有愿望和梦想。她的愿望很纯粹，那就是永远做您忠实的朋友，与您一起播种太空梦想；她的梦想很执着，那就是在您的悉心呵护和培育下，成为一朵航天科普苑林里意义非凡的存在。

让我们一起载着梦想去飞吧！听！我的耳畔响起了清纯而坚毅的歌声：

我终于看到所有梦想都开花，

追逐的年轻歌声多嘹亮；

我终于翱翔用心凝望不害怕，

哪里会有风就飞多远吧……

2010年10月

# 春天的脚步

桌上的日历悄然翻过了立春的时节。可窗外却不见人们习惯了的春天模样：翠堤烟柳，莺飞草长……

一个冬季未曾飘下的雪花像一位不速之客降临在这个依然寒意料峭的初春早上。这场姗姗来迟的飞雪似乎在诉说冬天的不忍离别之情，却也未能挡住春天的脚步，更挡不住人们对春天的期待与渴望。

2011年的太空探索，没有因为这迟来的春天而放缓它既定的步履。

天顶-2SB号火箭载着"电子-L"气象卫星冲天而起，俄罗斯人率先奏响了航天发射春天的序曲；"火星500"试验，中国志愿者王跃与另外两名外国同事共同完成的第一次模拟火星出舱实验，带给我们对火星探索新的春天般的希望；遥远的佛罗里达肯尼迪航天中心，美国发现号航天飞机，在经过了二十七年的艰辛和辉煌后，开始了它的"绝唱"之旅。围观的人群瘫痪了道路。这个同样发生在春天的故事，让多少人伤心慨叹，他们在向发现号致敬，更是在向人类对充满风险的太空探索精神致敬。

在这个乍暖还寒的春天，英雄航天人踏着拼搏和付出的脚步走来，让我们对今年的航天有了更多期盼。我们憧憬着发现号、奋进号和亚特兰蒂斯号航天飞机的"告别"之旅平安顺利；我们憧憬着国际空间站以完整的姿态亮相世界；我们更憧憬着天宫一号的惊艳登场、神舟八号的完美飞天，并实现在太空的首次无人交会对接，完成中国人又一次太空探索的伟大壮举。

2011年1月

# 迎接下一个黄金时代

今天，我们在这里报告的人类太空探索的最新成就无疑是令人鼓舞和激动的。这也许是纪念加加林实现人类太空飞行五十周年的一种最好方式。本次大会主题是"下一个黄金时代"。在这样一个我们的心灵同时被过去荣耀与未来憧憬冲击的特殊时刻，我却在反复思索一个问题：人类太空探索的终极目标究竟是什么？如今我们已有数百人进入了太空，我们还登上了月球，正计划下一步探索火星或者其他小行星。在下一个金色时代我们会有怎样的新突破值得期待呢？我们能否最终解开宇宙中的生命之谜？我们能否寻找到类似地球一样的新家园？真是难以预料！未来似乎一切皆有可能。然而，迄今为止我们尚未发现还有另一颗星球比这颗蓝色而美丽的地球更适宜人类居住。尽管一些有关太空生命迹象的新的发现不时激发我们的兴趣和欲望，我个人还是倾向于相信地球对于宇宙、人类对于地球均为不可替代的独特存在，因为这是自然界长期进化的客观结果。航天生理学告诉我们，人类很难自然适应非1G（地球重力）环境还有像空间辐射、密闭隔绝等特殊空间飞行环境。毫无疑问，人类从持续的空间探索中获益匪浅，因此即便不是因为好奇心所致，这种探索也不会终止。但当我们把目光投向深邃的宇宙时我们应更多地关注足下这片大地。我们仍需以谦逊的姿态学会与地球乃至宇宙的万物和谐相处。千万别夸大我们的能力，因为弄不好这会变为破坏力反而给我们带来灭顶之灾。人类是否要铭记于心：在这个世界上我们应该也能够改变些什么，但我们却不能够随心所欲地改变宇宙中的一切。请珍惜太空、珍惜地球、珍惜我们人类自身吧！

2011年4月在第十八届"人在太空"国际学术会议上的即席演讲（摘选）

2010年访问香港中文大学并与沈祖尧校长签署航天医学方面合作协议，推进内地与香港之间的科技合作

2011年4月在韩国首尔参加第十八届人在太空国际会议与日本女航天员向井千秋交流

2012年3月率中国航天员中心代表团访问德国宇航局

2012年4月率中国航天员中心代表团访问欧洲航天员中心（EAC）

# 轻轻的我走了

当风儿的步履不再轻盈，当满目的青绿失去鲜亮，当摇曳的树丛泛起热浪，当火红的骄阳炙烤大地，我知道，难舍的春天离我们远去了！

就在我们进入火热的夏季时，人类载人航天事业也正在告别一个辉煌时代——航天飞机时代。我们欢呼发现号服役二十七年后的圆满谢幕，更想念它屡次出征的凯旋；我们仰望奋进号太空绝唱的轨迹，也与它翱翔宇宙的英姿依依作别；我们期待亚特兰蒂斯号压轴航天飞机时代的完美，也为这个句号的画上而凄然感伤。告别，让我们回首，回首航天飞机的辉煌，也回首它的沧桑。当哥伦比亚号作为信使带来天际的奇闻时，一个航天飞机的新时代正式开启；当挑战者号和哥伦比亚号折翅苍穹时，哀伤弥漫在宇宙的每一个角落。我依稀听见云空深处传来一段悲壮而飘逸的诗句：

　　轻轻的我走了，正如我轻轻的来；我轻轻的招手，作别西天的云彩。

　　……

　　虽然航天飞机即将彻底告别太空，虽然航天飞机时代即将成为历史，但这并不是航天器时代的终结，更不是太空时代的终结。你看，中国的神舟号飞船日臻成熟，俄罗斯的联盟号老当益壮；新一代载人航天运输工具竞相研发，俄罗斯的"快帆"计划稳步推进，美国私人公司研发的航天器取得突破性进展；美国把目光投向了比月球更遥远的星球，俄罗斯正组织模拟火星探险的"火星500"实验，中国开始实施自己的空间站工程，欧洲、印度和日本等国家都制定了雄心勃勃的太空探索计划……真可谓"你方唱罢我登场"，广袤的太空为人类搭好了舞台，好戏还在后头呢。

　　让我们在新的期待中满怀敬意而淡定地目送航天飞机远去。这世上原本就没有亘古不变的东西，四季轮回，新旧更替，乃自然规律不可抗拒。今天的一切都将成为历史，而一切的辉煌在历史长河中宛若夜空的流星划过，一闪即逝!

　　"悄悄的我走了，正如我悄悄的来；我挥一挥衣袖，不带走一片云彩。"

2011 年 6 月

# 飞天之路漫漫

七一前夕，由八一电影制片厂精心制作的献礼大片《飞天》，在北京航天城举行了隆重的首映礼。银幕上的飞天英雄和现实中的杨利伟、费俊龙、聂海胜、翟志刚、刘伯明、景海鹏等，通过台上台下的倾情互动，以一种特殊的方式纪念建党九十周年，同时，也向人们展示了中国航天员献身载人航天，追逐太空梦想的英雄气概和感人情怀。

电影人以胶片记录历史，航天人以不停歇的脚步书写历史。

经过十三年的艰辛，世界上投入资金最大、参与国家最多、建造周期最长、技术水平最高、应用范围最广的国际空间站随着航天飞机的谢幕终于建成了，它是太空中的"联合国"，将十六个国家紧紧联系在一起，继续着太空探索的征程；"火星500"狭小的试验舱中，中国志愿者王跃和他的五名同事已经坚守了400多个没有黎明、没有黄昏、没有花香鸟语、没有月朗星稀的日日夜夜，每天只有对着时针挑战着生理和心理的极限，以惊人的毅力重复着令人窒息的单调；而充满期待的是，我国首个太空空间实验室天宫一号也已奔赴基地，蓄势待发，开创属于中国人的空间站时代。

然而，人类航天事业之所以伟大，在于它时刻挑战的是高风险。历史见证了人类开拓太空的辉煌，也记载了其中的悲壮。最近，中国实践十一号04星和俄罗斯货运飞船相继因故障发射失利让我们嗟叹墨菲定律的残酷无情，更让我们警醒与反思，但这丝毫不会动摇人类进军太空的雄心、信心和决心。正如格里索姆所说，"征服太空值得冒生命危险"。人类的太空之旅才刚刚启程，"路漫漫其修远兮"，航天人将永远求索不止！

2011 年 8 月

# 冬日里也有暖阳

秋天的落叶早已化作尘泥，不见了往日飘零的身影，接踵而至的阵阵飞雪，让人们感受着冬的寒意。然而在这寒冷的冬日里，也总有阳光穿云而出的时候，它把温暖洒向大地，安详而舒缓。

这个冬季的世界航天，有寒流，也有暖阳。通往太空之途并不平坦，人类火星探测任重道远，成中有败，悲中有喜。俄罗斯于11月9日发射的福布斯−土壤火星探测器由于发动机故障而宣告失败，搭载其上的我国首个火星探测器萤火一号也受其影响无果而终；而庆幸的是，11月26日美国发射的好奇号探测器顺利进入了预定轨道，踏上了前往火星的漫漫征程……

11月的国际太空大舞台上，最耀眼的事件莫过于中国式的太空"初吻"。11月3日，神舟八号和天宫一号在距地面343千米的地球轨道上成功"牵手"，圆满完成了我国首次空间交会对接任务。它带给我们的温暖和感动是那样振奋，那样自豪，那样充满憧憬。正是这一吻，宣告了中国成为继美、俄之后第三个独立掌握交会对接技术的国家，标志着未来我国的载人航天任务从短期飞行开始向中长期飞行过渡，为我国航天事业的后续空间站计划奠定了坚实的一步。

12月6日，北京的暖阳拥抱了从俄罗斯凯旋的中国"火星500"勇士王跃。屈指数来，他离开深爱的祖国已经整整560天了。尤其在舱内的520天，每天就像没有阳光的冬日一样，孤寂、乏味、焦躁而又漫长，而他和5名国外志愿者带给我们的温暖和感动却是让人如此地心疼和不可思议。他们用520天的坚守，完美模拟了一场完整的"火星之旅"，并完成了100多项科学实验，为人类的火星探测提供了十分珍贵的科学数据。

我们在冬日的暖阳里，感受成功的温暖与喜悦，感受航天人的坚韧、执着和勇气；我们在冬日的暖阳里，迎接和倾听着龙年春天矫健的脚步，期待中国航天、世界航天在新的一年里有新的作为、新的辉煌。

2011年12月

# 2012：太空龙图腾

不管我们愿意不愿意，时光还是无情地把我们推到了2012。

今昔看似往昔，可今年却不同往年。2012，中国龙年，注定是不平凡的一年。

近些年有关2012世界末日的话题在全球炒得沸沸扬扬。如果玛雅预言一开始只让人们感到神秘奇特，那么好莱坞灾难警示大片《2012》则用直接感知、生动活现、恐怖惊心的影视效应进一步唤起了人们对自身命运的强烈关注。尤其越来越频繁、越来越离奇、越来越严重的世界范围的自然灾害——地震、海啸、火山爆发、水涝旱灾……更让人们忧心忡忡甚至感到前所未有的恐慌。

就在我们即将跨入2012的前夕，当代著名物理学家斯蒂芬·霍金再次语出惊人，称地球将在200年内毁灭，而人类要想继续存活只有一条路：移民外星球。霍金说："人类已经步入越来越危险的时期，我们已经历了多次事关生死的事件。由于人类基因中携带着'自私、贪婪'的遗传密码，人类对于地球的掠夺日盛，资源正在一点点耗尽，人类不能把所有的鸡蛋都放在一个篮子里，所以，不能将赌注放在一个星球上。"

可谓"一石激起千层浪"，也许2012的末日预言最终不过是虚惊一场，也许霍金的预言最终也不一定正确，但他提出的观点却值得人们深思。这绝非危言耸听，现在已不是简单地为人类敲响警钟的时候，而是到了人类要共同反思并面对我们的生存环境和生存方式并必须立即采取有效措施的时候了！很显然，霍金大师把目光投向了苍茫宇宙，对人类踏上太空之旅探索解决繁衍生息问题寄予了厚望。无论如何，肩负人类使命的宇宙探索者们责无旁贷、义不容辞！从近地轨道载人飞行到月球、火星探测再到星球移民，漫漫征途上挑战不断、探索不止……

因此，龙年的太空注定要热闹非凡。美国的航天计划十分活跃，太空探索技术（SpaceX）公司研制多年的"龙"飞船将在猎鹰9号火箭强力助推下飞向太空，首次与国际空间站对接；"天鹅座"货运飞船、太空船2号、"追梦者"等航天器如火如荼地在进行测试，等待不久之后的太空一吻……后航天飞机时代的商业载人航天正悄然拉开序幕！俄罗斯2011年在航天领域虽遭受了一些挫折，但并未阻挡住它在新的一年进军太空的步伐。"联盟"飞船老当益壮继续为空间站输送航天员，新的飞行器也在加紧研发中。欧洲、日本、印度也不甘落后，都想为龙年的太空涂油抹彩。

龙年的太空注定不能少了中国"龙"的风采。龙是所有炎黄子孙共同的图腾。当"神九"直破云霄飞往"天宫"时，当龙凤传说冲出天地界限在太空演绎时，世人将再次惊叹敦煌飞天、嫦娥奔月的中华远古神话变为现实。

在2012龙年的新起点上，在肩负人类共同的使命与责任中，作为龙的传人，我在思考：我们在龙翔宇宙的骄傲与豪迈中应该让蕴涵数千年文化的"中华龙"以怎样的崭新面貌和姿态融入世界亮相太空呢？我耳边响起西安世园会标志雕塑《水龙》的作者任军的发问：那被我们程式化了的象征皇权、圆眼利爪、面带凶煞的形象是我们心中期望的图腾吗？它能否承载下今日中国人的精神追求和民族力量？时代和世界呼唤我们对传统的龙图腾进行新的解读并赋予新意。

太空寄托着人类共同的希望。舞动太空的中华龙应像"水龙"一样霸气而不凶猛、高贵而不失亲和，是一条威武之龙、上善之龙、祥瑞之龙、和平之龙。

2012 年 1 月

# 等待，是为了灿烂的明天

等待，是自然界中的一种普遍的现象：小草吐嫩须等待春天的到来，蜜蜂采蜜须等待花朵的怒放，苍鹰翱翔须等待翅膀变硬，享受果实须等待瓜熟蒂落，寻觅栋梁须等待"十年树木"……如果树刚栽就急于砍伐，那么你砍伐掉的只能是未来；如果花刚谢就急于尝果，那么你品尝到的可能是苦涩。人生就是一个漫长的奔跑过程，不要奢望一步到位，跑到终点，也不要因为暂时的落后或停滞而心灰意冷。在奔跑的过程中，我们要学会等待属于自己的机遇。而真正的等待，不是消极的守株待兔，而应是灾难未发之时的忧患，宝剑锋利之前的磨砺，敌人进攻之前的秣马厉兵；真正的等待，更是明察秋毫的冷静，成竹在胸的稳健，是万事皆备、只欠东风的不动声色。卧薪尝胆是强者的等待，三顾茅庐是贤者的等待，未雨绸缪是智者的等待。

载人航天事业同样需要耐心的等待，不可能一蹴而就。太空探索技术公司的"龙"飞船，由于技术故障，发射日期从今年2月7日推至4月30日，至5月7日，再到5月19日，最终于5月22日凌晨在猎鹰9号火箭的神奇推助下，一飞冲天。尽管"龙"飞船与空间站之吻一推再推，在很多人看来或许是实力不足、技术不过关的表现，但太空探索技术公司在用行动证明，它是精益求精、保证万无一失的真正等待。这种等待，看似波澜不惊，令人泄气，但内在的却是力量的积蓄；它看似平常，却以时间来做赌注，考验的是耐心和毅力，为的是成就"一鸣惊人"的创举。

等待，是为了灿烂的明天。我们见证"龙"飞船在经受住飞天前的各种考验后，遨游天际，顺利与国际空间站对接，开启后航天飞机时代商业航天的新航路。我们更期待，在等待中万事俱备的"神九"，携"龙""凤"齐翔，创造中国式的历史传奇！

2012年6月

# 太空盛会

《秋词》言："自古逢秋悲寂寥，我言秋日胜春朝。晴空一鹤排云上，便引诗情到碧霄。"唐代诗人刘禹锡眼中的这别样秋景确实令人陶醉。然而，继盛夏中一道"龙""凤"齐翔的亮丽风景，绘成跨越天地的彩虹，在穹苍演绎"天""神"鹊桥相吻的传说后，2012年太空绽放的秋色风光更是令人心潮澎湃，它将再次奏响太空盛典的乐章。

太空秋光中最迷人的景色，无疑是好奇号成功登陆火星。北京时间2012年8月6日13时31分，当好奇号火星车在天空起重机小心翼翼的护送下平安、稳定地降落在火星盖尔陨石坑的那一刻，地面顿时掀起了一片欢呼，这一刻不仅开启了人类真正意义上的火星探索之旅，也奏响了太空盛会乐章的高潮。它为"火星500"试验在火星上展开了延伸之路，探索生命是否存活于火星之上，进而为人类登陆火星打开一扇光明之窗。

本期《航天员》不仅密切关注着好奇号在火星上的一举

一动，更深深怀念着刚刚离开人世的人类登月第一人——阿姆斯特朗，愿他千古月面的光辉永远指引后人探索太空的征途。航天员的新风采，航天技术的新突破，阿波罗8号的秘闻，沃洛普斯飞行研究所的探秘，航天课堂讲述的新知识，切斯利·邦艾斯泰作品的赏析……则是本期《航天员》为读者们在太空盛会中准备的科普大餐。

从人间到天上，这不仅仅是十万八千里的追逐，更是千年万日的开拓，太空盛会延续着人类的期盼，更绽放着航天的光辉，它不是瞬间爆发的烟花，而是步步升高的云梯，将"人间喜剧"在太空之巅拉开帷幕！《航天员》不仅将继续为广大读者朋友们呈现这一场场太空盛会，而且将向大家一一展现演绎这太空盛会的主角的航天风采，让我们一起见证越来越多的航天传奇将如何续写人类的神奇伟大！

2012年10月

# 挑战，让生命插翅

时光荏苒，一场皑皑白雪将我们带进了寒冷的冬天。捡起路边飘零在寒风里的枫叶，清晰的脉络仿佛诉说着流逝的光阴。在细数往日的点滴时，我们恍然间感叹道，2012年即将画上句号。然而，时空证明，2012不是末日，它用丰硕的果实书写着龙年的非凡，更以漫天的大雪开启了来年新的期待与辉煌！

在这属于中国人的龙年里，我国航天事业似乎也笼上了祥瑞之光，而获得了突破性的大丰收。我们"龙头"喷出的一把旺火，将第11颗北斗导航卫星成功送入了太空预定轨道，使我国卫星系统更加完善。而天链一号03星的成功发射，使我国建成了较完备的中继卫星系统，它将进一步提高中国载人航天飞行任务的测控覆盖率，也为未来中国空间站的发展提供了保障。不过，对于我们龙的传人来说，这一年最辉煌的要数太空"'龙''凤'舞天宫"的精湛演绎——实现我国首次载人交会对接任务的圆满成功，并诞生了中华首位"飞天女"。

而从世界航天领域来看，2012年的太空也是热闹非凡的。随着航天飞机的退役，后航天飞机时代的商业航天器如雨后春笋开始逐鹿"中原"。其中，太空探索技术公司的"龙"太空船作为首个对接国际空间站的商业航天器最先问鼎太空，并在数月后它又作为首艘私企货运飞船圆满完成了首次商业补给任务。好奇号火星车作为深空探测的代表，在经过八个多月的星途旅行后，成功登陆火星，开启了一个新的火星探索时代。而俄罗斯联盟号飞船老当益壮，如今充当着航天员往返国际空间站的唯一桥梁，不辱使命，圆满完成了多次航天任务……

2012年，航天事业开创的辉煌与航天人对未知领域的英勇挑战密不可分，这与菲利克斯·鲍姆加特纳挑战平流层一样，令人惊叹和敬佩，也让其生命插上了升华的翅膀。

在这陡峭的寒风里，鲍姆加特纳3.9万米高空的纵身一跃，仿佛使寒冷的气流也随之沸腾。作为人类历史上第一个通过自由落体进入超音速的人，鲍姆加特纳"惊天一跳"的挑战不仅实现了人生的梦想，而且其所得的数据为未来载人航天的发展也提供了一些启示，这一番挑战人类极限的精神盛宴，值得我们关注和品味。

回首2012年的成就，是为更好地迈开来年前进的脚步。在成功实现首次载人交会对接任务的基础上，中国航天人将于明年6月送"神十"约会"天宫"；而嫦娥三号也将于明年下半年发射落月，它将是中国第一个在地外天体上软着陆的航天器，也终将圆"嫦娥奔月"的神话。对太空空间资源的不断探索与开拓，充分诠释了党的十八大全面推进"五位一体"建设、科学发展的精神，也将有力推动小康社会乃至富强民主文明和谐的社会主义现代化国家的建成。这是新的挑战，更是机遇，我们相信航天人将不负重托，最终实现我国航天事业"三步走"战略，

2012年12月

2012年5月体验航天服穿脱训练后与神九乘组合影（左：刘旺，右一：景海鹏，右二：刘洋）

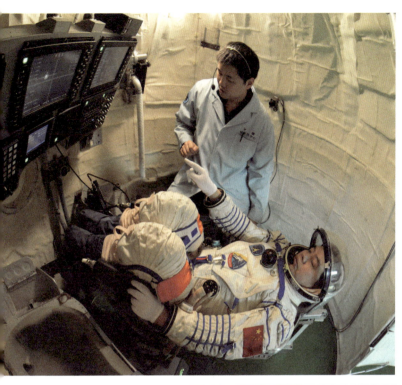

2012年5月在飞行模拟器内体验着航天服进行交会对接训练

2012年6月与神舟九号乘组天地通话

# 蜕变与腾飞

将时光凝聚成笔画，落下2012年的最后一笔，走完了又一个四季的轮回。金龙腾空而去，银蛇婆娑而来。

在中国传统文化里，蛇被称为"小龙"。有人认为，龙蛇本一家，蛇是华夏民族"龙"图腾最主要的原型之一。虽说蛇由于诡异的颜色、鲜艳斑斓的花纹和尖利恐怖的毒牙，一直饱受世人惊怕、厌恨和疏离，但它也是人类在地球上不可或缺的朋友。无论在帮助人类改善生态环境还是其周身的宝（蛇胆入药、蛇皮为料、蛇肉可食）为人类做出的贡献等方面，蛇是功不可没的。而且从生存的方式来看，蛇也可以说是青春、力量与奋斗的象征。

每隔数月，蛇都要蜕去旧皮，以长出全新的鳞片。青春力量的涌动伴随着皮肉撕裂的痛苦，"蜕皮"这个神奇的自然法则，成了蛇永葆青春和力量的秘诀。这启示我们，人也应当时常自我"蜕皮"，褪去过去荣耀的光环，摆脱成就的束缚和牵绊。同时，我们的事业也要不断有新的血液加入，才能历久弥新，始终朝气蓬勃。

蛇伏地而潜，静伺而动，善于在寻觅中等待，在等待中积蓄力量。对于每一个航天人来说，若没有像蛇一般年年岁岁力量的积蓄，又何来一次次的昂首腾飞？每一次成功，都是一次蜕变。而每一次蜕变，都化为了我们下一次登天的阶梯。

新年的朝阳从地平线上冉冉升起，《航天员》第45次与大家见面了。紧握着载人航天的绳索，《航天员》也在不断地攀爬前进，不断地蜕变成长。在新的一年，我们将试图让航天知识以另一种方式贴近日常生活。我们还将通过航天人物的心路感悟，向读者传播载人航天精神的正能量。在新的一年，我们与广大读者一样共同期盼着中国载人航天呈现别样的精彩，世界载人航天也在一次次蜕变中迎来更大的腾飞！

2013年1月

# 沐浴春风

千里雾霾被阵阵春风吹散,万物悄然复苏。春三月,此谓发陈。天地俱生,万物以荣。树上枝头在和煦的阳光下催出了嫩芽,花开草长,莺歌燕舞,我们呼吸着春泥的芬芳,奔跑在又一个充满希望的春天。

三月的春风吹绿了大地,也"吹绿"了我们喜欢仰望的太空。

北京时间3月1日23时10分,美国太空探索技术公司的"龙"飞船在执行第二次国际空间站商业运输补给任务中,虽在途中遭遇发动机故障,错失原定于3月2日进行对接的时机,但在排除了飞船2号、3号和4号发动机的阻塞问题后,仍于3月3日成功对接国际空间站,送去了约544千克物资。对太空里的6名航天员来说,"龙"飞船的到来犹如从地面刮来的一股春风,送来了地球春的气息和滋润。

向太空送来"春风"的可不止"龙"飞船,新一期考察组成员乘坐联盟TMA-08M载人飞船于3月29日从拜科努尔航天发射场发射前往国际空间站，并首次采用了仅为六小时的"快速"飞行模式与空间站对接，这股"春风"为太空活动带来了革新，在可以节省飞船燃料的同时，也节省了航天员和地面控制人员的时间，降低风险。

在龙飞蛇舞交替之际，值得关注的当然是2012年11月初到2013年1月底，发生在中欧航天界的互访交流活动。在此次互访中，中欧双方进一步增进了对彼此航天领域的认识和了解，为未来开展有效而长期的航天合作奠定了良好的基础。其实，这次互访如同中欧双方在冬春之际孕育的一颗种子，它会在春风的爱抚中生根发芽，会在烈日的激发下绿树成荫，更会顺着国际航天合作的大潮涌向太空，精彩绽放。

当然，这个春天辛勤播种、紧锣密鼓地全方位准备着的无疑是中国航天，在两会春风的沐浴中，中国航天人吸收到更多的正能量，为"神十"在夏日太空完美演绎积极备战着。

我们相信，这股"中国力量"的成长壮大，一定会进一步推动中国航天走向新的飞跃，带来我们祖国的繁荣昌盛。

2013 年 4 月

# 梦在远方，路在脚下

梦想是一种很神奇的东西，它汇集着力量与精神，凝聚着思想与文化。个人有了梦想，就有了前行的动力；一个民族有了梦想，就有了共同奋斗的方向。尤其是我们人类的梦想在探索自然、改造自然的文明进程中从未中断过。人类梦想的翅膀从陆地展开，一路向着海洋、向着天空、向着宇宙飞翔。先行者们向后人宣示着他们的预言和梦想："地球是人类的摇篮，但是人类不能永远生活在摇篮里，开始他将小心翼翼地穿出大气层，然后便去征服太阳系。"显然，这些预言和梦想靠人类的一步一个脚印不懈努力已经并正在变为现实。

摆脱地球束缚，扩展活动疆域，开发空间资源，寻找新的家园。太空梦无疑是人类最为神往、最具挑战的梦想。从五十年前的加加林首次进入太空，近地轨道飞行技术、空间站技术和载人登月技术不断突破，人类用自身的伟大创造和智慧一次次让梦想照进现实。地球资源的枯竭、环境的恶化不得不让人类把目光投向那颗更遥远的红色星球——火星。一直以来，火星被人类视为最有可能适宜生存的地外行星之一。五十多年来，人类向火星发射的所有探测器中，将近一半以失败告终，即便是成功着落火星的探测器，有很多也收效甚微。但是，无论勇气号在火星沙石中寸步难移的时候，还是福布斯-土壤号在茫茫太空失去方向的时候，人类从没有放弃！这颗被称为"航天器坟墓"的星球，反而让人类愈挫愈勇！由来自俄国、欧洲和中国等6名志愿者一起参加的"火星500"大型实验，标志在国际合作追寻火星梦的征途上迈出重要一步；美国好奇号的探索成果的不断出现，也让我们看到曾经那些包含了挫折与坎坷的奋斗并没有付诸东流。如今，私营企业更是抓住"火星移民"噱头把人类"火星梦"宣扬到了足够接地气的民间，他们的行动有些也许"疯狂"，缺乏科学理性，有些可能就是一场闹剧，但至少我们从另一方面看到了公众对太空的钟情与梦想。我们相信，尽管载人类登陆火星之路充满艰险、挫折，人类追梦之步履却永不停歇。

适逢我国神舟十号载人飞船成功发射，三位英雄正在

"天宫"遨游，我们衷心期待神舟十号"十全十美"、圆满收官，中国载人航天向着更高、更强的目标迈进！新的梦想还在远方，但路却在我们脚下。

2013年6月

# 完美"神十"精彩飞扬

今年夏天，全国多个省市出现持续高温天气，实在让人酷热难熬。有人揶揄，莫非是神舟十号任务这一举国关注、举世瞩目的热门事件点燃了整个夏季的热情、掀起了神州大地的滚滚热浪？

仿佛就在昨天，神舟十号精彩画面历历在目。它像一部演绎在天地之间的交响巨作，从大漠戈壁英雄出征的序曲，到飞船发射入轨、交会对接、天宫驻留、太空授课、绕飞试验，一曲曲一幕幕，婉转悠扬，高潮迭起，再到草原上空伞花绽放、航天员安全出舱的最后一个音符华丽滑落，气势恢宏，美妙绝伦。从指挥官镇定沉着的指挥，到飞行乘组和全体参试人员的完美表现，从飞控大厅到测量船站，从发射塔架到茫茫草原，从地面课堂到太空讲坛，环环相扣，节节相连，凝神聚力，天地协同，一切都按预定的程序顺畅执行，毫无差错，毫无悬念。也有人将其喻为精心打造的好莱坞大片，情节震撼，场面壮观，有惊无险，令人叹为观止。

事非经过不知难。有谁知，成功的背后凝聚着多少拼搏的汗水？顺利的背后又有多少艰苦的磨难？

聂海胜，两度飞天的英雄。曾经的荣誉没有当成负担，这位共和国的将军就像普通一兵一样严格要求刻苦训练，对祖国有着朴素的情怀：飞天是我们的本职所在，时刻听从祖国的召唤！

张晓光，十五年的坚守终于一朝梦圆！永不放弃、永不言败，是他那钢铁般的意志和不断超越自我的信念为自己打造出了一把锃亮的飞天利剑！

王亚平，矢志追求，逆风成长，艰苦磨砺，终于成为中国第一位太空女教师。在远离地面近四百千米的太空把知识的种子撒向地面课堂，同时让世人再次领略到中国女性美丽亲和、从容自信的独特魅力与风采。

我们依然记得决战"神十"的日子里，总指挥长的谆谆告诫：神舟十号不是神舟九号的简单重复，要始终保持忧患意识，保持清醒头脑，一切从零开始。是啊，航天人深深懂得：载人航天，人命关天，安全第一。载人航天史上沉痛的教训告诉我们，成功不等于成熟，一次成功不等于次次成功。必须把问题解决在后方，而不带到前方；把问题解决在地面，而不带到天上。无论在发射场、指控中心，还是在着陆场，广大参试人员们为了事业牺牲"小家"，一心扑在任务上。他们默默无闻，任劳任怨，坚守岗位，自觉践行载人航天精神，精心指挥，精心操作，精心实施。我们正是靠着这种对事业的忠诚、连续拼搏的精神和严而更严的质量标准，最终实现了"十战十捷、十拿十稳、十全十美"的庄严承诺。

神舟十号的圆满成功标志着我国载人航天工程"第二步第一阶段"的完美收官，意义重大而深远。"十"在中国的传统文化中有着特殊的含义，神舟十号实现了我国神舟号飞船的第十次成功发射，先后把十名中国航天员送上太空，这无疑是对今年中国首次载人飞行十周年的最好纪念。"飞天梦"的新成就进一步彰显了新时代的中国形象、中国精神和中国力量，不断激励中华儿女向着民族复兴的中国梦这一伟大目标奋勇前行！

2013 年 8 月

2012年6月神舟九号发射前在酒泉发射中心问天阁广场接受境外媒体采访

2012年6月神舟九号发射前在酒泉发射中心问天阁广场与飞行乘组谈心交流（左起：刘洋、刘旺、景海鹏、大队长费俊龙），发射当天写下《出征时刻》《太空玫瑰》

2013年6月26日神舟十号成功返回后在北京飞控中心与总师周建平院士（中）和副总师赵宇棋（右）一起留影

# 再见，2013

时光像握在手中的柔沙，不经意间从指间悄然滑落。料峭的寒风还未送来漫天雪花，2013年就要向我们告别了。她匆匆地离去，正如她匆匆地来，只留给你我那份抹不去的记忆和温暖。

这一年，中国成功完成领导核心的历史交接，东方巨轮在新的舵手指引下乘风破浪奋勇前行！年初提出的"中国梦"编织成一面高高飘扬的旗帜，凝聚起亿万华夏儿女的才智，在伟大征程中取得了一个又一个辉煌的胜利！岁末召开的十八届三中全会，以背水一战的勇气、壮士断腕的豪气和责无旁贷的使命担当吹响全面深化改革的进军号令！无论前面是深渊险滩，还是重重雾霾都阻挡不了变革的步伐！

这一年，中国航天稳步推进，佳音不断。上半年，神舟十号飞天，再次与天宫一号成功对接，令中国载人航天第二步第一阶段完美收官；特别是中国人首次演绎的太空授课，一气呵成，美妙神奇，点燃了无数青少年探索太空、探索未知的热情，在国内外引起强烈反响和一致好评。下半年，嫦娥三号成功登月！玉兔号月球车实现月面巡游，留下了中国人在月球上的第一道车辙。这也是近四十年来，人类第一次实现飞行器在月球"软着陆"。千百年来寄托炎黄子孙美好情感的"嫦娥奔月"神话正在一步一步变为现实！在嫦娥工程"绕、落、回"三部曲完成后，载人登月或将指日可待。因此，国内对其关注度毫不逊色于神舟十号飞天，国际媒体更是好评如潮。

　　这一年，世界航天舞台同样热闹非凡、精彩纷呈。一些国家不甘居后，雄心勃勃发展自己的航天计划，纷纷"秀肌肉"，展现实力。美国航天与私企之间的合作初见成效，商业航天前景美好。SpaceX公司的"龙"飞船实现了第二次向国际空间站运送货物；轨道科学公司凭借雄厚实力研制出的"天鹅座"在首飞就表现出非凡实力；"猎户座"也在养精蓄锐，等待着在2014年的首飞中一鸣惊人；美国MAVEN火星探测器顺利发射，踏上了前往火星的漫漫征程，载人火星、小行星探测正积蓄能量快步前进。而俄罗斯在这一年，尽管航天发射并不顺利，但"联盟"飞船例行承载的国际空间站乘员轮换和值守的任务却如期顺利完成。国际空间站在轨科学实验、舱外维修正常进行，冬奥火炬太空传递、太空飘浮吉他弹奏吸引大众的眼球。伊朗、印度等国家也崭露头角，先后分别把猴子送上太空和成功发射火星探测器，力图在世界航天舞台占有一席之地。

这一年，《航天员》一如既往地秉承办刊理念，与你一起捕捉一个个精彩的历史瞬间，与你一起分享一个个动人的航天故事，与你一起交流点点滴滴的知识收获。无法忘记与你一起走过的日子，更感恩于你的关爱、你的呵护、你的陪伴。

当然，回望这一年，我们也许不仅仅收获成功，还有不少遗憾和缺憾。记住航天人的语言，"结果完美不等于过程完美"，"成功不等于成熟"。必须时刻保持清醒，不断总结失败的经验和教训，这或许是我们更为宝贵的财富。当前我们正处在新的历史关口，求新求变已是大势所趋、人心所向。新的一年将充满希望也面临更多困难和挑战。昨日的辉煌和荣耀不过昙花一现，无论多么光彩夺目也无法照亮当下的路。再见，2013！让我们收拾好心情，怀揣着梦想，整理好行囊，向2014年勇敢豪迈地进发！

2013 年 12 月

# 马年话玉兔

在人类历史长河中，马一直是人类最善良、最亲密、最钟爱的朋友。无论是在征服自然的旅途上还是在称雄争霸的古战场，马伴随人类驰骋疆场、千里追风、生死与共，看"大漠沙如雪，燕山月似钩"，听"万马蹄如骤雨来"，谱写了一首首让人荡气回肠的壮美诗篇！因此，人们总是对马年充满特殊情感和期待。

马年话马自是理所应当，但今天我却要形诸笔墨马年话兔，因为陪我们一起跨入马年的还有一只特别的"玉兔"！这只"玉兔"（月球车）随"嫦娥"（嫦娥三号着陆器）直奔月宫巡游月面，对国人而言不仅是圆梦广寒、意义非凡，而且活泼可爱、萌态可掬，让人魂牵梦萦，可以说在进入马年的当口出尽了风头。

就在我们徜徉在嫦娥三号任务成功的喜悦里恭迎马年之际，这只在月球上一路充满悬念却有惊无险的"玉兔"通过官方微博传来了它在月宫的第一个"坏消息"："啊……我坏掉了！"它的机构控制出现异常，身体有些部分已不听地面师傅们的使唤了，用"玉兔"的话说："月夜很长，恐怕我已挺不过了！""晚安，地球！"这一消息发出，立即牵动了举国上下公众的心，数万网友为"玉兔"祈福并鼓励它"站起来"，纷纷对这只"小兔子"表达关心。"你经历了我们不曾经历的跋涉，忍受了我们无法忍受的严寒酷热，带我们领略从未领略的景色，传来未知世界的信息，兔子，你辛苦了！""玉兔"在日记中表示，人类已有的探月活动成功和失败的比例差不多各占一半。同时也不忘卖萌和励志："别担心，2017年左右，嫦娥五号就会来这里……如果真的修不好，到时候大家记得帮我安慰安慰她吧。"网友们的互动也如亲人般温暖："虽然你常卖萌撒娇，可却是个不折不扣的小男子汉。你要撑下去，总有那么一天我们带你回家！"而它的师傅们——航天科技工作人员也放弃了春节难得与家人团聚的机会，通宵达旦地努力给"玉兔"排查问题，并及时向公众报告最新动态。当这只沉睡了十四天的"兔子"被"唤醒"后再次发声，"Hi，有人在吗？"多少关注它的公众粉丝为此喜极而泣，直呼"简直萌翻天了"！

这一事件在航天计划宣传公关方面无疑是一次极为有益而成功的尝试。嫦娥三号一开始实施，就用一只勇敢自信而可爱的兔子探险家的拟人化口吻来向公众透明播报任务主要进程，让人感到耳目一新，同时倍觉温暖、亲切。而且这次与公众的互动交流平等、自然而活泼，避免了以往那种程式化的生硬的说教而引起的逆反效应，形成了独特的"玉兔"公关模式，获得国内外媒体普遍赞誉。

"玉兔"模式启示我们，航天事业要想扩大影响、获得更广泛的认同与支持，就要想方设法走近大众，不能高高在上、孤芳自赏，尤其在宣传和科普传播的方式上要勇于创新、要"接地气"。通过"接地气"的交流，让公众不仅懂得探索太空的意义，更理解探索太空道路上的艰难和风险；不仅被人类征服宇宙辉煌成就所鼓舞，更为科技人员不懈追求、拼搏奉献的精神所感召；不仅获得有关的科普知识，更深刻理解科学思维、科学精神的实质。伫立足下这片熟悉的大地，仰望头顶那神秘而深邃的天宇，我在心底默默坚定着自己的信念。

这样凝聚的共识和精神一旦根植于中华数千年灿烂文化之中、融化在亿万华夏儿女的血脉之中，就必将产生前所未有的巨大能量，还有什么样的艰难坎坷能阻挡住中华民族追梦的脚步？正可谓：快马乘风蹄声促，天堑飞越若通途。待到梦圆功成日，再邀"嫦娥"话"玉兔"。

2014年1月

# 春生

古人云：春生夏长，秋收冬藏。意为春日萌生，夏日生长，秋日收获，冬日储藏。春天，万物复苏，欣欣向荣。"草树知春不久归，百般红紫斗芳菲。"春生，不仅是新生，也是重生，更是生命的延续。

这个本应万物新生的季节，今年却带着些哀怨的色彩，不论是MH370上239人命运不测，还是"3·1"云南昆明火车站暴力恐怖案件中无辜群众的死伤，都为这个春天带来满满的牵挂与无尽的伤痛。但愿天国里也有春天，让逝去的灵魂重获新生。

在这个春天，国际空间站再一次迎来生命延续的希望。2014年1月8日，奥巴马政府宣布批准将国际空间站的使用寿命至少延长至2024年，再次延寿的决策是经过专家研究后审慎做出的，虽然这条道路充满了未知的挑战与风险。因为太空探索者深深地懂得他们的使命和命运就是与风险紧密相连的。无论如何，这是一个好消息。新生的希望不仅给了国际空间站，为了未来生命里"一飞冲天"的新生，"猎户座"飞船也经历着一次次的测试，不断地成长着。而牵引着国人心绪的"玉兔"，也在病痛中，接受着月球严酷环境的考验，坚强地活着，伴随着撩人的春色传来生的希望。

朦胧的春光中，我们看到了空间站全新生命轮盘的转动，看到了"猎户座"未来生命绽放的辉煌，看到了"玉兔"涅槃重生的力量。在太空，生命在苏醒，在成长，在转动，而推动生命不断前进的动力，就是人类的智慧和不屈不挠的精神力量。

不可预知的风险与苦难常常会在不经意间突然降临——不论是在人类栖息的地球家园，还是在人类孜孜探索的太空。但风险不会阻碍我们前进的脚步，磨难只会使我们愈加成熟！

2014 年 4 月

# "微"不足道更需道

　　每当夜幕降临，星斗阑干，斑斓的星空总会吸引人们的目光。那微不足观的点点星芒，总能激发我们对巨大天体、浩渺太空的联想与思索。由小见大，见微知著，这不仅是星空传递给我们的奥秘，也是先贤在时间洗礼中总结的真谛。"山僧不解数甲子，一叶落知天下秋"，暗含了细小事件对大规律的反映；"不积跬步，无以至千里；不积小流，无以成江海"，揭示了微小积累之于成就大事的重要性；"千里之堤，溃于蚁穴"又警示人们，小害的扩延终将导致大灾。我们赞叹着先祖们一石一砖垒砌万里长城的伟绩，我们惊奇于一滴小小露珠能折射出太阳光辉的能力，我们也悲恸于"哥伦比亚"号航天飞机返程时由于小小隔热瓦脱落而导致机毁人亡的惨痛教训！许多时候正是一些"不起眼"的微小事物直接影响到事业的成败乃至生命的存亡，因此对看似微不足道的东西千万不能掉以轻心。

　　当然，这些微小事物也包括活跃于载人飞行中太空舱里的微生物。无论在近地轨道飞行还是踏上遥远的月球、火星之旅，人类不得不与太空舱里的这些"小东西"——微生物，斗智斗勇。在广袤的太空中，地球是不是生命的唯一摇篮？在飞出地外的航天器密闭空间里究竟存在多少微生物？对此，科学家们目前所知不多，但知道这些肉眼无法察觉的微小存在，却拥有相当大的破坏力。在空间站，微生物的存在，不管对航天员还是航天设备，都是一种威胁，但又不可避免，有的甚至不可或缺。因而，探寻这些微小生物的来源与种类，进而研究应对办法，确保太空飞行的顺利和航天员的安全。此外，对太空微生物的研究，也能使人类对地球上的微生物有更深的认识。

所谓"天下大事，必做于细"，于细微处求真章，对太空微生物的研究只是其中一例。载人航天工程是宏大系统工程，牵涉面宽、过程环节极为复杂，任何一丝一毫的马虎、任何一个细小的失误均有可能酿成灾难，给工程和国家造成无法挽回的损失。对于航天人来说，严而又严、慎而又慎、细而又细、实而又实的作风早已融入到他们的血液里，因为他们深深懂得，在这个伟大工程里，也许除了个人的奉献，没有什么是微不足道的。

2014 年 6 月

# 天地任往来

"俱怀逸兴壮思飞，欲上青天揽明月。"自古以来，人类从未停止过对太空的向往和探求！我们先祖认为，"天有九重"，遥不可及。天地之间好似横亘着一条难以逾越的鸿沟，古人们只能仰天抒意、望天兴叹！从屈子的"天问"、李白的诗章，到嫦娥奔月、古希腊宙斯的神话传说，人类用好奇和热情编织着一个个美好的飞天梦想。从万户飞天的英雄壮举到哥白尼、伽利略、齐奥尔科夫斯基等科学家无畏的探索，人类一次次向太空发起挑战——试图让梦想变成现实。直至1961年，当加加林乘坐着东方号载人飞船首次叩开太空之门时，往来于天地间的密码才开始为人类解锁。

人类进入太空飞行五十多年来，取得了辉煌的成就。先后有400多名航天员进入太空，最长连续飞行时间达437天！并成功实施了出舱活动、实现了载人登月！在这些骄人业绩的背后，不可忘记天地往返运输工具的功勋！除了载人飞船、航天飞机等运送乘员的载人飞行器的重要贡献外，运送货物的飞行器也功不可没。它担负着空间站上的乘员物资包括食品添加、燃料及消耗品补给、仪器设备更新以及下行物资回送等重要任务。从俄国老牌进步号飞船对国际空间站的首次补给，到美、日各国货运飞船不断地改革更新；从航天飞机多次多人天地运输时代的结束，到私人航天飞船载人运货发展的可能，货运飞船在长期航天飞行任务中无疑发挥着举足轻重的作用。2014年7月30日，伴随着ATV-5的成功发射，历经六年的欧空局ATV系列货运飞船也即将圆满落幕。这位活跃于欧洲太空史上的"老骥"虽然即将退役，但太空之"志"却未因任务结束而终止。"猎户座"飞船对其服务舱的应用，将无疑让ATV的"重生"为日后小行星和火星的探索提供了无限的可能。随着中国载人空间站工程于2010年9月正式启动，中国人自己的货运飞船"天舟"也开始了自主创新的建造与准备。我们可以满怀信心地期待"天舟"在未来空间实验室和空间站任务中一定会有不俗的表现。

不管是欧空局ATV系列货运飞船的功成身退，还是即将迎来中国"天舟"的崭新亮相，人类既然已经搭起了通往太空的"天梯"，太空舞台上将会一直精彩纷呈。随着航天技术的飞速发展，越来越多的人会进入太空，人们在太空驻留的时间会越来越长。未来太空舞台上，将会越来越多地出现你我这些普通人的身影，因为今非昔比，天地无鸿沟，往来任自由！

2014年8月

# 逐星者，筑梦人

当混沌的天地被盘古的巨斧开凿，阳清为天，阴浊为地，宇宙由此诞生。在愈渐清明的天地之间，人类不断地创造满足自身物质财富的同时，也不忘追逐头顶这片神秘的星空。由夸父逐日的豪情到人类进入太空的壮举，由嫦娥奔月的神话到触足于月壤的真实，团结奋进、勇于挑战的精神如同点点星芒，播撒于人类的筑梦之路。

逐星者，亦是筑梦者，而筑梦者必然是勇者。万户身骑火箭，手持风筝，塑造了人类对太空勇敢向往的开端；加加林突破历史的高度，在从未涉足的太空中，留下人类探索的身影。逐星梦在阿姆斯特朗登月的喜悦中辉煌，在"挑战者"失事的悲痛中前进。

在半个多世纪的飞天历程中，一代代航天先驱斩棘而行，有失败，有成就，有荣耀，有鲜血，但在这崎岖的筑梦路上，每一位逐星者都不孤单。对陌生空间的探索，失败不可避免，当航天事故发生，在祭奠航天烈士的同时，更多的逐星者向太空发起挑战。2014年9月10日至15日，第二十七届太空探索者协会（ASE）年会在京召开，世界近百名航天员聚集一堂，其中有登月名将奥尔德林，也有最近从国际空间站回来的乘组航天员。在以"合作：共圆人类航天梦"为主题的本届年会中，他们就航天技术和飞天经验进行了密切交流。国际合作对于这些太空探索者而言，具有不同寻常的意义。正如日本航天员若田光一所说："在我五岁时，阿姆斯特朗和奥尔德林登上了月球。那时日本没有航天员，所以我想，一个日本男孩儿进入太空飞行是不可能的。但现在，由于有国际合作，我们可以在太空中走到一起。没有国际合作，我就无法进入太空。"

在太空，不同国家航天员的合作演绎着一次次辉煌，在地球，无数科研人员的合作创造着一个个奇迹。这些逐星者的每一次旅行，都是科学家们克服困难、日夜攻关的结晶。将于11月12日着陆的ESA彗星探测器"罗塞塔"，就又是一个多国科学家密切合作的结果。虽然对于遥远彗星的探索无法承载航天员的脚步，但是对深空发起挑战的"罗塞塔"亦是一位逐星者，它的着陆必然会以勇敢、合作的航天精神将人类太空筑梦之路装点得更为辉煌。

2014年10月

# 唯有爱可以穿越时空

　　人们常常感叹，好时光总是那样短暂。在微风中，我们依依惜别最后一片飘逸而落的秋叶，依依眷恋身后渐行渐远的丰收歌谣，还有铭刻记忆中的京城那片"APEC蓝"，不经意间走进了寒意料峭的冬天。

　　冬日的序幕刚刚拉开，谁料想一部科幻电影在京城、在中国甚至在全球掀起了层层热浪，淹没了袭面而来的寒流。《星际穿越》无疑是这个冬天最热议的话题之一。赶在即将下线之前，我随着熙熙攘攘的人群挤入久违的电影院，循着国际著名的"采梦大导"诺兰的指引体验了近三小时的星际旅行。

　　影片是关于人类未来命运的大题材，诺兰驾轻就熟地将故事性、科学性与人文性进行了巧妙结合。他借助当今科学大腕基普·索恩的鼎力支持，首次如此系统地把虫洞、黑洞、引力场、五维空间等物理学前沿概念和理论视觉化形象化通俗化，让人在亦梦亦幻中感受着宇宙的奇妙和科学的奇迹，给观众带来了一堂别开生面的科普教育课。那造型简陋的飞船，枯燥孤单的星球，静谧浩瀚的宇宙，似乎不像过去科幻片呈现的那样壮阔激烈，甚至感觉缺少电影那种作为视觉艺术应有的冲击力和表现力。它以最直接的方式呈现最接近真实的星际穿越，更激起普通观众对宇宙对未知的敬畏之情。当然，影片最为动人的还是回归到对人性和人类自身命运的思考上。这次诺兰颠覆了好莱坞式英雄主义表现手法，细腻地刻画了以库珀父女跨越时空的亲情为主线的人性问题，将人类情感的脆弱、对家庭亲情的渴望、小爱与大爱的纠结、人类面对宇宙的渺小与伟大等表现得淋漓尽致。特别是影片中反复渲染的主题表达"唯有爱可以穿越时空"更让观众心潮澎湃。

走出影院，库珀那深情的呼唤还萦绕在我的耳边："我们曾仰望星空，在无垠的宇宙中溯源寻根；而今我们俯察大地，忧虑着人类自身的生存！""人类生于地球，但绝不应在这里灭亡！"我想，在地球资源枯竭、环境日益恶化、人类生存遭受威胁的今天，探索宇宙绝不仅是人类的一种好奇心，更是人类保持繁衍生息的永恒课题。在我们把目光投射到深空时，还要时刻关注足下这片土地，共同守护好这个家园。

几十年来，人类都是从地球出发走向太空的，我们的视野和活动疆域得以不断拓展。就在即将过去的2014年，世界太空舞台依然热闹非凡，尽管这一年命运没有格外垂青我们。美国SpaceX公司发射失利、轨道科学公司"天鹅座"飞船升空爆炸、英国维珍银河公司太空船2号机毁人亡等事故接二连三，令人扼腕！人们困惑，为什么我们做出了巨大的努力，有时还是难以逃脱墨菲定律的"魔咒"。这更加说明人类目前的认知还很有限，需要我们在血光中警醒、在跌倒处奋起。《星际穿越》不仅直接用女主人公的名字巧妙引出墨菲定律，而且通过库珀父女的拼搏与成功也向人们乐观地揭示了墨菲定律的另一面，即一切皆有可能。不是吗？这一年我们也欣喜地见证了，法国圭亚那库鲁上演的那场精彩的ATV-5太空告别，美国MAVEN和印度的"曼加里安"先后的火星探测之旅，欧空局"罗塞塔"彗星探测器十年苦修终成正果实现了人类探测器首次软着陆彗星，还有中国的空间站工程研制、嫦娥工程实施的新突破。

人类在征服宇宙的旅途上不屈不挠地前行着。我们深知，只有人类自己才能完成人类救赎的使命。影片看上去好像是库珀因为父爱救女而顺便拯救了人类，非常自然地把小爱与大爱完美地统一起来。其实在人类命运面前，每个人都不应是旁观者。试想在巨大毁灭性灾难到来时，谁又能独善其身？人类是相亲相爱的一家人，同呼吸共命运，必须一起面对未来的风险、承担共同的使命。因为，唯有爱可以凝聚人类的智慧与力量，唯有爱可以穿越时空拯救我们自己！

2014 年 12 月

2013 年 8 月应邀
在首都科学讲堂
为公众作航天科
普讲座

2015 年 2 月在海
南文昌发射中心
检查工作

2017 年 6 月与航天
员张晓光在飞行
模拟器大厅交流

2016年4月倡导发起中国人因工程高峰论坛，在深圳成功举办首届论坛担任论坛主席并作大会报告

2016年10月与神舟十一号飞行乘组在发射前问天阁隔离区交流（左：景海鹏，右：陈冬）

2016年10月神舟十一号发射前又见戈壁胡杨

# 告别昨天，为新生祈愿

寒风凛冽中，飞驰的时光列车载我们驶入2015年。转瞬间，2014便成了昨天。

过去的一年，从埃博拉病毒肆虐西非到马航、亚航空难震惊世界，从中东地区持续战乱到乌克兰局势突变，从中国的"新常态"到"刮骨疗毒、壮士断腕"的豪迈，从阿里纽约上市到京城的"APEC蓝"，从"罗塞塔"首登彗星到太空船2号折戟沉沙，世界看中国，中国望世界。不论是社会经济还是科技航天，故事不少，事故不小，有成有败，有悲有欢。

过去的一年，每个人都有自己的人生故事、经历和感慨。蓦然回望，那一切还依然鲜活地历历在目，似乎并未走远。

你是否还在回味那段心心相映的温馨时光，沉醉于那梦中桃源不愿醒来？你是否还徜徉在攀上高峰的成功喜悦里，升腾起一种骄傲与满足感？你是否还在为某次相遇某次冲动而纠结不安，揣捧一份情愫难以释怀？你是否还在后悔有些人有些事未能认真对待，留下了或多或少的遗憾？你是否还在感叹造化弄人世事无常，怒怨这世上还有那么多天灾与人患？

然而，时光不会倒流，昨天不会重来，每一个结果必有其缘由，发生的一切不会再改变！过去无论多么惊天动地，无论经受多少悲苦恨愁，都已化作云烟随风飘散。来吧，让我们向昨天挥一挥手，与2014说再见。

告别昨天，不要眼泪，不要忧伤，也不要哀怨；告别昨天，不是无情，不是忘却，更不是背叛；告别昨天，是为了迎接新生，迎接挑战，走向更加辉煌的明天。

正如朗费罗所说："不要老叹息过去，它是不再回来的；要明智地改善现在。要以不忧不惧的坚决意志投入扑朔迷离的未来。"

新的一年，2015，注定不平凡。

新的一年，国际舞台风云变幻。民族宗教文化冲突难以化解，霸权主义、恐怖活动等不稳定因素威胁和平安全，局部战争难以避免，世界经济在保持复苏中举步维艰。国内形势求稳求进，图新图变。全面深化改革走入深水区，暗流涌动，风急浪险。攻坚关头勇者胜，开弓没有回头箭。

新的一年，世界载人航天将依然多姿多彩。国际空间站在开展新的科学试验的同时，正翘首等待首位放歌太空的歌手布莱曼；美国"载人登火星"技术准备继续扎实开展；商业航天和私人太空探索会越挫越勇、披荆向前。今年也是中国载人航天极为关键之年，新型运载火箭将面临全面考验，待明年一飞冲天；天宫二号、神舟十一号和新研货运飞船各项试验紧锣密鼓，环环相连。整装待发的航天人已经弓在手、箭在弦。

新的一年，冬去春来，万物新生，破壳蜕变。坚定地踏进新年的门槛，让我们一起为人类、为自己、为新生祈愿。愿大地芳草茵茵四季花开，愿世界没有硝烟远离灾难，愿人间溢盈正气充满温暖，愿我们编织的梦想都能实现！

2015 年 1 月

# 在春光里播种希望

春风和煦，吹化了被冬季冰封的水波粼粼，吹绿了破土重生的芳草茵茵。姹紫嫣红的春花，乱入人眼，装点着一个万物复苏、旖旎温暖的好时节。白居易诗云："逢春不游乐，但恐是痴人。"乘着这撩人的春色，邀得二三知己踏青于旷野郊外，也算是莫负春光了。只是春光虽好却也易逝。莫负春光，不只是享受春光，沉湎于赏玩中，醉在春光里不愿醒来。莫负春光，更要爱春惜春，所谓"一年之计在于春"。你看，春光里，燕子绕梁越户，殷勤衔泥筑爱巢；花丛中，蝴蝶翩翩伴舞，蜜蜂辛勤采花蜜；田地里，勤劳的农夫躬身耕耘，为秋日的收获播撒粒粒种子。莫负春光，航天事业也继续着未竟的步伐，开始了新一年的耕种准备，还有需要培植的是怀揣着航天梦想的青少年。

青少年是我们事业的未来，就像春天里等待着破土而出的种苗，在他们成长的过程中也需要阳光雨露，需要园丁的精心呵护。开展形式多样的科普教育活动则成为了这项任务中的重要一环，过程中科学家们的研究成果得到了继承与普及，而青少年也为他们天马行空的科学幻想寻找到了实地生根的土壤。国际航天界一直高度重视对青少年学生的航天与科技素养的培育，如由NASA举办的"学生触摸太空"计划就是专门为青少年学生提供太空试验的机会。这些科普教育和科技创新活动不仅能激发青少年对于科学的浓厚兴趣，也为未来科研队伍的壮大提供了可能。

值得一提的是在这个春天里，以"摘星探梦恰少年"为主题的首届"太空梦想"青少年航天科技营在北京航天城正式开营。这实际上已不是一次平常意义的科普教育活动，而是青少年航天科技创新活动的新尝试。活动组织选拔青少年学生们走近中国载人航天、走进科技实验室，亲身体验、亲手操作，通过"看""听""想""做"与一线科技人员"零距离"接触，全方位参与航天创新设计和科学实验，让科学的精神、理念与思维真正植入同学们的心中，把太空科技的种子播撒在青少年这块沃土上。这既是少年太空梦想的新起航，也是为未来祖国航天事业发展播种新希望。

2015 年 4 月

# 你真的尝试了吗？

"世界那么大，我想去看看"——最近，这个有关辞职的段子十分流行。大家都渴望来一场说走就走的旅行，但是又有几人能真正行动起来呢？或说没钱没粮，挣不开现实的束缚；或是走不出自己的舒适区，虽想遍访名山大川，又畏路途艰辛；或觉自己任务重大，不可或缺，舍不得，走不了，不能走。这，是真的吗？身还未动，心已千般计较，万般恐慌，进而连尝试的勇气都没有了。

你不尝试，怎知不行；你若尝试，虽败犹荣。4月15日凌晨，SpaceX公司再次发射了猎鹰9号火箭，在成功将"龙"飞船送往国际空间站之后，火箭尝试回收着落，这已是SpaceX公司创始人马斯克进行的第二次火箭回收试验了。

然而遗憾的是，火箭成功着陆之后冲击太大，没有站稳，遭遇了二次失败。上一次发生在今年1月10日，火箭成功降落到了预定漂浮平台，但由于降落角度问题，火箭最终坠落平台甲板并爆炸。发射火箭本身就很复杂，而直接降落于海上平台，更是前所未有的壮举。马斯克想通过这些尝试研制出可重复利用的火箭，降低未来太空飞行的发射成本。SpaceX公司也说，即使这次降落以失败告终，也要继续尝试，直至成功。与SpaceX一样，欧空局也在进行可重复利用技术的探索与研究。2月11日，欧空局用于验证大气层再入技术的最新航天器IXV发射升空，并沿轨道飞行约1小时40分后成功返回地球，这标志着欧洲在航天器再入返回技术上实现了新的突破，同时为未来开发可重复使用的火箭和航天器奠定了基础。

任何新的科学发现与技术进步，都离不开人的尝试、探索与研究。从最初尝试将"莱卡"等动物送上太空，到尤里·加加林实现飞天；从苏联月球1号成为人类派往月球的首位使者，到美国"阿波罗"计划期间人类真正踏上月球；从实现近地探索到向往深空探测，人类在不断尝试，不断前行，收获的并不都是希冀，但每一次尝试都为下次的成功做着铺垫。所以，我们从来就不曾失败，我们只是在寻求下次成功的办法。

在生活中，我们同样离不开尝试。有尝试才可能有突破，有突破才可能发现新的天地与自我。尝试是一种勇气和意志，更是挑战和超越自我的智慧！问一问自己，你真的尝试了吗？

2015 年 6 月

# 篱笆那边

"篱笆那边,有草莓一棵,我知道,如果我愿,我可以爬过……"可脏了围裙,上帝会责骂,但那草莓是如此地甜美诱人,相信即使是上帝,也忍不住想尝一尝。人们渴望摘取"果实",揭晓答案的好奇心与执着,往往会胜过对未知对未来的恐惧,也正是因为这样,才能够激励人类一直向前、不停地探索……

浩瀚宇宙,灿烂星空,就仿佛诗人狄金森《篱笆那边》的草莓一样,"引诱"着人类不断去追寻,去探索。宇宙的中心在哪里?黑洞中是否会有时空的转换?太阳那灿烂光芒的背后究竟隐藏着哪些秘密?火星上到底有没有生命?为了求一个结果,寻一个答案,我们开始了漫长的太空探索之旅。可这条路并非一帆风顺,面临种种严峻的考验与挑战,特别是恶劣的空间环境——噪声、振动、高真空、强辐射、重力变化、昼夜节律变化、剧烈的温度变化、超负荷的心理和工作压力,以及空间微生物的侵袭和威胁等等。但是面对危险与挑战，人类从未退缩。从加加林在太空 108 分绕地一周，完成世界上首次载人宇宙飞行；到列昂诺夫 26 小时一波三折，命悬一线，实现人类的首次太空行走；再到阿波罗 11 号历时七天左右完成人类首次踏上另一个星球——月球之旅；再到国际空间站建成，人类在太空停留的时间从十几天逐渐延长至半年以上。2015 年 3 月 27 日，俄罗斯航天员米哈伊尔·科尔尼延科和 NASA 航天员斯科特·凯利登上国际空间站，开始执行为期一年的驻守任务，这是 NASA 首次将驻站时间由以往的半年延长至一年，这无疑是一次大胆的尝试，他们也深深懂得，未知的风险或许就在前头恭候着。美国太空探索技术（SpaceX）公司 2015 年 6 月 28 日发射一枚猎鹰 9 号火箭执行国际空间站货运补给任务，火箭升空 2 分半钟后突然爆炸解体，携带约 2500 千克补给的货舱也被炸毁。这是八个月内，空间站补给任务第三次失败。虽然它对 NASA 和 SpaceX 而言，都是一次沉重的打击，但也阻挡不住他们继续探求的脚步。

太空绚烂的舞台上从来不只有胜利者的微笑和成功者的鲜花，也有惨烈的悲剧和英雄的鲜血。真正的强者绝不向困难低头，只会越挫越勇，奋力前行。因为只有翻越过去，才能欣赏到篱笆那边别样的风景，亲口尝尝那颗诱人的草莓。

2015 年 8 月

# 科技让一切皆有可能

生活中安装家电时，也许你正缺扳手、螺丝吧，不用发愁，打印一个！航天飞行在轨维修时发现需更换的常用零部件不够用了，不用发愁，打印一个！不必惊讶，不必怀疑，科技告诉我们，一切皆有可能！

我们正生活在一个美好便捷的时代，生活在一个信息化的时代，生活在一个科学技术迅猛发展的时代。从汽车奔驰、巨舰破浪、飞机穿梭、飞船遨游……地上跑的、天上飞的，到电视、电话、冰箱、空调等日常生活中的家用电器，一切都打上了科技的烙印！

"科学技术是推动时代发展的原动力。"人类文明发展到现在，每一次重大的科学技术革命，都会引起我们生产、生活方式的深刻变革，为社会发展带来质的飞跃。古往今来，我们创造了无数令人惊叹的科技成果。而每项科技创新，都可能催生一个产业，可以影响乃至改变世界。古代，我国造纸术、火药、印刷术、指南针的发明曾经改变了世界，使中国科学技术在世界上保持了千年的领先地位。近代，每一次的产业革命都同技术革命密不可分。18世纪，蒸汽机的发明引发了第一次产业革命，使我们进入了机械化时代；19世纪末到20世纪上半叶，电机和化工引发的第二次产业革命，又使我们进入了电气化、原子能、航空航天时代；到20世纪下半叶，信息技术的发展，又使我们从工业化向自动化、智能化转变，社会生产力再次极大提高。科技的每一次重大突破，都推动人类文明迈向新的更高的台阶。

日新月异的科学发现和技术发明，不仅改变了我们对客观世界的认识，也潜移默化地改变着我们的生活和工作方式。在今天，我们的购买方式正在被移动应用改变；我们的喝水方式正在被纳滤改变；而我们的制造方式，也正在被一项全新的快速成型技术——3D打印技术慢慢改变。3D打印技术自20世纪80年代发展以来，现在已经迅速渗透到航空航天、医疗、土木工程等各大领域。去年年底，NASA还将一台改进型3D打印机送上了国际空间站，并成功实现了首例太空3D打印项目。这让科学家们不仅看到了在空间站打印零部件的希望之光，更看到了未来人类打造外星基地，进行更长时间更深远太空探索的无限可能。3D打印技术的发展潜力巨大，发展势头不可遏制。有人认为，3D打印技术的应用，不仅标志着人类航天探索新时代的开始，甚至标志着新的产业革命的到来。

科技创新驱动着历史车轮飞速旋转，为人类文明进步提供了不竭动力，推动人类从蒙昧走向文明，从农业文明走向工业文明、走向信息化时代。谁能预测，3D打印技术的完善发展又会给我们带来哪些惊喜，为我们的工作和生活带来哪些变革呢？

2015年10月

# 十年回眸深情守候

京城的首场大雪在浓浓的秋意中不期而至。窗外，漫天的雪花恣意舞弄着树上依然俏丽的簇簇枝叶，地上撒落片片金黄。大自然的画笔竟如此神妙，瞬间便描绘出一幅黄白相叠、异彩纷呈的绝美景象！冬日就在这留恋不舍又充满期待的心境中悄然来临，一年的光阴也在这莫名的感叹中即将逝去。

四季更迭，岁岁年年。一转眼，《航天员》也已陪伴大家走过了十个年头，走过了十个冬夏与春秋。十年，地支纪年中尚不够一次轮回，不过是时间卷轴中的小小一页、历史长河中的轻轻一瞥。这十年，似乎没什么特别，但它又是无可替代、不可或缺的重要一笔。因为它见证了一份科普期刊，从无到有，从孕育到种子渐渐萌芽，到历经十载春秋风雨，慢慢成长为一株稚嫩的幼苗，又到如今枝繁叶茂，葱葱郁郁茁壮成长的生命历程；记载了我国载人航天事业从"神六"到"神十"，从一人到多人，从舱内到舱外，从"神舟"

到"天宫"飞跃性发展的辉煌历史；讴歌了人类航天史上从近地空间飞行到深空探索的不朽精神。

十载桑耕耘景异，龙飞凤舞傲苍穹。每一段历史，必然有一批义无反顾的开拓者在书写；每一次辉煌，必然有一批勠力同心的执着者在创造。铁肩担道义，妙笔著文章。"普及载人航天知识、弘扬载人航天精神、传播载人航天文化"是我们的宗旨；奉献给广大读者一本通俗易懂而又清新高雅的刊物是我们的初心；用心服务于读者，服务于社会，服务于国家载人航天事业，组成了《航天员》十年的发展轨迹，这也是对《航天员》矢志不渝、不懈追求的注解。

回眸十年的历程，我们深情地守候着这块土地和我们的初心。十年来，我们用科学的态度，记录国内外载人航天事业的演进与嬗变；用严谨的文风，守护人类仰望太空、叩问宇宙的精神家园；我们靠理性、良知和担当，关注国内外航天热点，策划承办航天科普公益活动，承担起自己的社会责任与历史使命。

十年的耕耘与探索，十年的艰辛与坚守，一路风雨一路歌！回望十年，我们有欢笑，有汗水；有辛酸，有收获。在坚守中，我们得到了广大青少年和航天科普爱好者的厚爱，也收获了不断前行的力量。愿杂志在今后不断的改进和完善中，与大家一起展望未来，共同见证中国及世界载人航天事业下一个更加辉煌的十年！

2015 年 12 月

# 踏上新征程

  "岁去弦吐箭"，转眼间，无情的时光快车载我们驶入到了新年驿站，就这样2015已被抛在身后，那一幕幕一丝丝得失成败、酸甜苦辣的记忆便成为昨天的风景。在这当口，回首一望似乎已成为人们的一种习惯，一种对于过往的纪念仪式。回望不只是为了重温成功的喜悦，更是为了铭记失败的教训。成功之甘美正是由于经历了磨难的酝酿，而挫折虽然苦痛，却是培育荣誉的特殊养分。回望昨天是为了明日更好的启程。

  2015年对于世界而言并不太平，虽说和平仍是主题，但风云涌动，诡变无常，局部冲突愈演愈烈。2015年对于中国而言是大变革之年，改革全面发力，正向着"深水区"艰难勇敢地稳步挺进。对于人类太空探索事业来说，2015年是收获颇丰的一年。NASA的新视野号探测器历经十年、飞越48亿千米终于成功飞掠冥王星，代表人类首次拜访太阳系边缘这颗神秘的星球；国际空间站喜气洋洋地迎来了载人飞行十五周年纪念，美俄航天员值守空间站一年期任务进展顺利且收获满满；火星上水被证实存在，也给人类进行登陆火星等载人深空探索以巨大鼓舞；年末，先是蓝色起源公司的"新谢帕德"火箭首次突破卡门线后，成功安全降落回地面，成为垂直起降运载器发展史上的里程碑；紧接着，在经过多次挫折与失败之后，美国太空探索技术公司（SpaceX）终于在12月22日将猎鹰9号火箭发射到太空后成功回收其一级火箭，创造了人类运载火箭史上的新奇迹。此次成功不仅将大幅降低火箭发射费用，使人类前往太空的旅费不再如此昂贵，而且会对全球太空商业发射产生深刻影响。2015年是中国航天"十二五"收官之年，收获满满。去年累计发射19箭45星，成功率100%；5颗通信卫星升空，4颗北斗卫星组网；新一代运载火箭长征六号、长征十一号已成功首飞，并创造了中国航天"一箭多星"发射的新纪录。年底，还成功发射了首颗暗物质粒子探测卫星"悟空"。长征五号、长征七号研制加速，惊艳亮相海南文昌发射场。探月三期工程按计划开展，嫦娥五号预计于2017年前后发射，实现月球取样并返回地球。中国的载人航天在2015年虽然沉默但并不清闲，它不仅在为空间实验室任务新一轮冲刺做最后准备，而且在空间站工程研制建设任务上也有诸多突破。当然在这些成就背后，有欢笑也有泪水，不仅凝聚着航天人的心血和智慧，更彰显了航天人面对挫折不屈不挠的精神和勇气。

2016年将以崭新的格局开启新的风尚，但我们面临的新挑战也将更多更大。就我国载人航天工程而言，重中之重的是空间实验室任务，不仅要实现长征七号首飞，还要发射天宫二号空间实验室和神舟十一号飞船，实现航天员中期驻留，为空间站长期飞行奠定基础。面对新目标新挑战，中国航天人将始终保持清醒，"一切从零开始"，砥砺奋进，再征太空，梦圆功成。航天梦是中国梦的重要组成部分，"只要坚持，梦想总是可以实现的"。在新的一年里，让我们怀揣梦想，勇敢自信地踏上新的征程！

2016年1月

2017年8月中欧航天员在烟台海上训练基地联合演练后与欧空局航天员萨曼莎（左）和王亚平（右）合影

2020年12月做客清华大学"启航讲堂"与即将毕业的学生们分享载人航天从业经历

第一届中国空间科学大会
The 1st China Space Science Assembly

The 1st China Space Science Assembly
第一届中国空间科学大会

2019年10月在
第一届中国空
间科学大会上
作特邀报告

# 春暖花开正当时

　　阳春三月，万物复苏。大自然的魔杖一挥，寒峭萧瑟的冬天转眼就变成了生意盎然的春天。湖岸边杨柳依依，徐徐春风吹面不寒，裁出片片新叶嫩芽；庭院里鸟语花香，桃红梨白争奇斗艳，柴扉轻叩春色满园。

　　正值这春暖花开的好时节，我国的科普园地也东风送爽、春意浓浓。就在3月，《全民科学素质行动计划纲要实施方案（2016—2020年）》和《中国科协科普发展规划（2016—2020年）》相继印发，充分反映了国家对科普工作的高度重视。科学素质是决定公民思维方式和行为方式、实现美好生活的前提，是大众创业、万众创新的关键，是实施创新、驱动发展战略和全面建成小康社会的群众基础和社会基础。目前，我国公民的科学素质还不能有效支撑创新型国家建设和全面建成小康社会，研究表明，进入创新型国家行列的三十多个发达国家，公民具备科学素质的比例最低都在10%以上，可是目前我国仅为6.2%。全面建成小康社会，离不开每位公民科学素质的提高。虽然我国公民科学素质提高很快，但发展不平衡，与世界发达国家相比差距仍然很大，随着互联网特别是移动互联网的发展，公众获取科普信息的方式发生根本变化，科普还远远不能满足需要。中国科协提出的《发展规划》以《纲要》实施为主线，以科普信息化为核心，树立"创新、提升、协同、普惠"的工作理念，将着重实施"互联网+科普"建设工程、打造"科普中国"品牌；实施科普信息化建设专项，提升优质科普内容供给能力，建设科普中国服务云；设立科普创作专项基金，支持重大科技成果普及、健康生活、科幻、动漫、科普游戏开发等重要选题；实施现代科技馆体系提升工程，建立并完善以实体科技馆为龙头和基础，以流动科技馆、科普大篷车、虚拟现实科技馆、数字科技馆为拓展和延伸，辐射基层科普设施的现代科技馆体系，推动大中城市科技馆和特色科技馆建设；还要实施科技教育体系创新工程、科普传播协作工程、科普惠民服务拓展工程等。通过这一系列举措必将带动公民科学素质建设整体水平的显著提升。

这无疑对我们航天科普人是暖暖的春风、莫大的鼓舞，当然也是新的要求、新的挑战。载人航天是国家战略性工程，社会影响极大，充分利用工程优势传播载人航天知识和文化意义重大。《航天员》办刊十年有余，坚持初心，坚守良心，保持品格，肩扛责任，在科普的百花园中独放异彩，深受读者垂爱。下一步，《航天员》更要乘势而上，利用载人航天工程任务的契机，主动作为，不断丰富拓展活动形式，发展"互联网+科普"新模式，联合打造航天科幻、动漫、太空科普馆，为"科普中国"品牌增光添彩。在这姹紫嫣红的春天，来吧，让我们"随着脚步起舞纷飞，跳一曲春天的芭蕾"！

2016 年 4 月

# 成功与辉煌的背后

人生于世，谁不渴望成功？谁不仰慕胜利与成功的荣耀与辉煌？翻开历史的画卷，尘封的过往渺如云烟，唯有那一个个辉煌时刻不曾淡去，依然光彩动人。

两军对垒，击溃敌军夺下城池时；

求学赶考，蟾宫折桂金榜题名时；

竞技场上，打破纪录斩获金牌时；

探索宇宙，神箭冲天遨游太空时……

举金樽欢歌，迎王者归来！对于成功者，人们从来就不吝惜鲜花与掌声、赞美与褒奖乃至荣誉与地位。成功者的荣尊让人羡慕，辉煌时刻更使人迷恋。可有谁知在他们成功与辉煌的背后有过多少苦难与付出？正如有一首歌中所唱："不经历风雨，怎么见彩虹，没有人能随随便便成功！"

是的，成功与辉煌源于执着的信念、艰苦的努力甚至生命的付出。可以说，成功与辉煌就是由无数次挫折与失败酿造的美酒，是血泪与汗水浇开的花朵。

居里夫人以其卓越的贡献成为历史上首位两次获得诺贝尔奖的科学家，享誉全球。为了开展分离镭的科学实验，她变卖家当，在一个破旧棚子里苦苦坚守了四年。她用铁棍搅拌锅里沸腾的沥青铀矿渣，忍受着锅里冒出的烟气的刺激，经过无数次失败，才从几十吨沥青铀矿渣中成功得到十分之一克的镭。最后她因长期接触放射物质而患白血病离世。

贝多芬以其作曲方面的非凡成就被世人尊为"乐圣"，可他的一生"用苦难铸成欢乐"，每日与病魔缠斗，决不向命运低头。苦痛和绝望没能将他击倒，反而化成了他的创作力量，为世人留下了一首首不朽的乐章，其中的《命运交响曲》正是他自身抗争命运的真实写照。

人类在追梦太空的征程中，从挣脱地球的束缚，到近地轨道的飞行，再到载人深空探测，取得了一个个辉煌的成就。而这迢迢天路闪光的足印里浸染着先行者们的泪水与鲜血！万户飞天，血溅峰峦，成为人类的飞天始祖。自1961年加加林上天，人类先后把数百位航天员送上太空，其中俄罗斯的联盟号飞船和美国的航天飞机业绩傲人、功不可没。

但也先后发生了联盟1号、11号飞船飞行事故以及挑战者号和哥伦比亚号航天飞机失事等重大灾难，十几位航天员献出了宝贵的生命。尽管航天飞机时代已终结，但人们仍然怀念那一次次动人心弦的精彩瞬间，它曾经的辉煌绝不因一两次失利而暗淡，始终会照亮着我们前行的路。最近，SpaceX公司的猎鹰9号火箭在经过多次试验失败后终于实现人类首次一级火箭回收。"钢铁侠"马斯克及其团队面对困难和失败坚持初心不动摇，愈挫愈勇，缔造出商业航天时代新的传奇。

　　人类的太空探索充满风险，我们也许还无法完全逃脱墨菲定律的宿命，可航天人从未止步于困难和失利的打击。挫折和失败不过是弱者停滞退缩的借口，却是强者砥砺奋进的助推剂！艰难困苦，玉汝于成。中国载人航天也是在不断经历风雨洗礼中走向辉煌的，今年的任务更为艰巨，即将接受在文昌新发射场发射长征七号新型火箭的首战考验。

　　辉煌与荣耀转瞬即逝，真正的勇士不会沉湎于过去成功的欢愉中，因为新的高峰又在前方矗立着，等待他的再次跨越！

2016年6月

# 初心是金

什么是初心？我以为，每个人（或团队组织）在其事业和感情起始时都会抱持一份坚定的信念和期许，那就是初心。

初心是金，弥足珍贵。初心是纯洁、美好的，它是发自心底情感的自然涌动，它是对既定目标的最初诺许，它是在人生路上初开的圣洁花朵。初心的珍贵正在于它那一尘不染、不计功利的本真，故有诗人叹曰"人生若只如初见"。

初心是金，要懂得珍惜和守护。"不忘初心，方得始终。"人生路漫漫，初心是人们坚持走向最后成功的动力源泉。《三国演义》中的刘关张在桃园举酒结义，对天盟誓，从此闯荡天下，血雨腥风，同甘共苦，不改初衷，终于成就一番伟业，名垂青史！唐僧取经，一路西行，历经磨难，初心未动，跋山涉水，最终抵达西域，获取真经，功德圆满。被誉为"杂交水稻之父"的袁隆平秉持少年时代对田园风光的向往，几十年如一日，奔走于田野间，倾情于杂交稻，不为挫折所动，不为名利所累，为中国、为人类粮食增产和粮食安全做出重大贡献。即使在功成名就之后，白发苍苍之时，他仍不改本色，还在默默追逐着早年编织的"禾下乘凉梦"，多么令人敬仰！

然而，茫茫红尘，世事纷扰。初心在时光的流逝中可能会蒙上灰尘，初心在跌宕的岁月里容易被渐渐忘却，初心在霓灯闪烁的繁巷中也可能难抵诱惑，因而也有不少事不少情因为迷失初心而不能善终。

不久前的一则报道让我深深触动。讲的是某医院一位产妇产后出血，病人家属多次来到护士站求助，但值班的医生护士竟然只顾自己玩手机聊天漠视不理，由于未能及时施救最终导致产妇失血过多而亡。这虽然是极个别医护人员的行径，却给广大的"白衣天使"抹了黑。这些人忘记了当初跨进医学院时发下的救死扶伤宏愿，忘记了遵循南丁格尔的庄严誓言，甚至背弃了最基本的职业操守，终受到良心和道义的谴责与应有的惩戒！

历史上有些人怀揣梦想意气风发踏上征程，但面对困难和挫折的考验时，却迷失了初心，或裹足不前，或中途易辙，到达不了预定的目的地；还有少数人甚至经不起诱惑背叛初心，陷入泥潭无法自拔，流下悔恨的泪水！有一些友谊或爱情的小船经不起利欲的风浪说翻就翻，全然忘记了昔日里的甜言蜜语、海誓山盟！这一幕幕剧情不只在历史上而正在现实里残酷地上演着，需要人们反思与警醒。

初心难守，难就难在对人性欲望的控制，要耐得住寂寞，受得了清苦；难就难在笃定目标矢志不渝地坚持，而这种坚持往往需要坚强的毅力和百倍的付出。要守住初心，就要经常回望一下自己的来路，想想当初为什么起程，激发自己不断前行的斗志。要守住初心，就要经常审视自己的内心，拂去灰垢浮尘，拨开迷雾烟云，点燃一盏心灯，照亮自己梦想的天空。

2016年8月

# 天地共此时

戈壁的中秋夜，朗月高挂。酒泉卫星发射中心迎来了又一个历史性时刻，22点零4分，一阵惊天动地的轰鸣声划破苍茫而静谧的夜空，天宫二号空间实验室在长征二号F运载火箭的托举下直冲云霄。

"天宫二号成功进入预定轨道，太阳能帆板顺利展开，运行良好……"这一刻，控制大厅里的参试人员欢呼雀跃，忘记了持续的辛苦与疲劳。

"醉邀明月同舞，寄情寥寥银汉！"天宫二号继续演绎着中国人的梦想、激情与浪漫。天宫二号是我国第一个真正意义上的空间实验室，在这个新的太空之家里，要首次开展较长时间一定规模的空间科学实验。

无论在远古的神话故事里，还是在千年咏诵的诗篇中，九天之上，有着神仙居住的气势恢宏的楼台宫阙，也有着类似人间世界的熙熙攘攘。"我想那缥缈的空中，定然有美丽的街市……那隔河的牛郎织女，定能够骑着牛儿来往。"诗人想象的天街图景是那样让人心醉和神往！为航天员提供更舒适和更加人性化的空间居住环境，一直是航天科技工作者努力的方向。这次的太空之家也有了新的改善，很值得我们期待。

天宫二号，不仅仅是天宫一号的"升级版"，也是下一个"作品"——空间站的序章。在轨期间，天宫二号将敞开大门，迎来神舟十一号飞行乘组为期三十天的访问，考核面向长期飞行的乘员生活、健康和工作保障等相关技术。天宫二号还将接受我国首艘货运飞船——天舟一号的访问，考核验证推进剂在轨补加技术。天宫二号在轨期间，还将开展一定规模空间科学和应用实验，以及在轨维修和空间站技术验证等试验。看来等待我们航天员的不只是太空的浪漫，还有大量繁重的工作甚至是挑战、困难和风险。"永不自满、永不懈怠"是中国航天人的作风与情怀，对于他们而言，更大更高的目标还在后头呢。

"明月几时有，把酒问青天，不知天上宫阙，今夕是何年？"苏轼的感叹仿佛跨越千年响彻在耳边。畅想一下，若干年后的又一个月圆之夜，我们的航天员遨游在中国人自己建成的空间站，透过舷窗望着那轮皎洁的"玉盘"，俯视地球上万家灯火，心中必定涌出无限自豪与感慨：好一个琼楼玉宇，好一个天上人间！"但愿人长久，千里共婵娟！"

2016年10月

# 写在太空的自信与从容

时隔三年，中国航天员又一次叩响天宫之门。

这次神舟十一号飞行任务，由老将景海鹏挂帅出征，小将陈冬勇随前行。

这是一场没有硝烟的战斗，茫茫太空就是战场。两位英雄不仅要征服太空飞行的恶劣凶险环境，更要面临较长时间飞行和繁重在轨试验任务的考验。

这也是一部精彩绝伦的太空大片，出征、发射、对接、天宫驻留、在轨工作、轨返分离、返回着陆、出舱……一切如行云流水，既畅快淋漓，又扣人心弦，有惊无险；两位英雄沉着稳健，举重若轻，操作精准，配合默契，表现完美。

飞天英雄的一言一行引起了公众的广泛关注，他们有一段被赞为很"接地气"的对话曾引爆网络。那是在火箭发射升空不久，当整流罩打开时，陈冬初次看到太空景象，不由得发出一声感慨："哇！很漂亮！"景海鹏两次追问："爽不爽？"陈冬答："爽！"这段对话没有经过预设和编排，完全是他们即情即景触发的强烈内心感受。

一个"爽"字充分表达了英雄们对太空探索的万丈豪情和浪漫情怀，也完美诠释了我们所有航天人此刻的喜悦和骄傲。对于中国航天人来说，飞天是使命，是责任，也是一种挥之不去的浓浓情结。世界航天史上的悲剧和墨菲定律告诉我们，载人航天的安全风险难以完全避免。而浩瀚无垠的太空是那样地令人向往，人类的使命和祖国的需要是那样地神圣伟大，让景海鹏、陈冬和所有航天员甘愿付出全部的努力甚至生命。

漫漫飞天之路，我们无不被航天员的英雄气概所感染，更令人骄傲的是他们的壮举把中国航天人今天的自信与从容写在了太空。

这种自信与从容也体现在中国载人航天迈向新高度的稳健步伐上。

2016年空间实验室任务打了三场硬仗，即长征七号火箭首飞、天宫二号及神舟十一号任务接续实施，环环相扣，连战连捷。在许多人看来，这一切没有悬念、理所当然，似乎"成功"早已成为中国航天的专利。但艰难困苦，玉汝于成。其背后凝聚的却是无数航天人拼搏的心血和汗水，反映的是我国载人航天工程技术和管理在砥砺前行中不断走向成熟。

失败也许可以有许多不同的理由，而成功的答案却只有一个：坚持与努力。

景海鹏因三次飞上太空而名动天下，人们在称赞、敬仰的同时也不禁在心中发问：是什么原因使他在这些天之骄子中脱颖而出？是什么动力让一位已荣誉满身的将军三度飞天？海鹏的回答很朴实：飞天是我的职业，只要祖国需要，宁可备而不用，不能用而不备。"坚持坚持再坚持，努力努力再努力"就是他的座右铭。不管岁月如何改变，不管经历多少挫折，不管获得多少荣誉，海鹏始终保持本色，坚守初衷，严格要求自己，年复一年、日复一日地投入到枯燥而繁重的训练之中，不断用拼搏和毅力锻造自己飞天的本领。这种敬业与坚守精神恰恰是我们当下最缺失的人格操守，它会使人从平凡走向伟大。我想，这应该就是海鹏与他的战友们能获得成功最好的注脚吧。

作为新一代航天员的杰出代表，陈冬无疑对此体会更深，他本人就是这种精神与品格的忠实传承者，能有幸入选本次任务乘组正是他多年坚持与努力的结果。本次飞行他初试锋芒就有上乘表现，"师兄"海鹏更是对他褒奖有加，给他打120分！陈冬表示，这是他第一次飞上太空，但他不会就此止步，他还要继续努力，飞得高一些、更高一些！这也是中国航天人的共同心声，可以期待，无论是长期空间飞行，还是向月球、火星进发，中国人未来飞天的脚步将更加自信和从容！

2016年12月

# 春雷一声天地惊

走过冰封大地的严冬，听林间啼鸟，看垂柳如丝，终于迎来了和风暖阳的春天。

春日的光阴，是一池春水在夕照中的波光粼粼，是无边嫩芽破土而出的声音，是花团锦簇"红杏枝头春意闹"的剪影，更是蜂围蝶阵中振翅嗡嗡的喧鸣。那一阵阵轰隆的春雷声，唤醒了沉睡的万物。蛰伏了一冬灰蒙蒙的天和单调的枯木，焕发出勃然的生机。

跟随着春天的脚步，"绿航星际"四位勇士们也在模拟空间环境的试验舱里进行了半年与世隔绝的生活后跨出舱门。他们自嘲为"隐者"，然而，跟在风光无限好的名山大川中的归隐生活来比，他们的工作和生活除了单调，还有艰辛。但是，他们坚持、再坚持，为了身上厚重的使命！出舱那一刻，就像是冬尽后的一声春雷，为他们的生活重新赋予了夺目的色彩，也为他们这一百八十天的辛勤赋予了鲜花和掌声。

对于航天专家来说，"绿航星际"更是一次全新的构建，一场人与环境的艰难挑战。一百八十天的时间，开展了长期飞行中与人相关的支持保障模式研究，同时验证了第三代环境控制与生命保障技术的体系框架、基本原理和技术构成，为一定规模的星球基地建设的概念研究和初步方案提供了基本数据和设计基线。

当我们看久了空旷萧条的冬日，自然会盼望春暖花开的日子，而正是这灰蒙蒙的冬日，才让春天的色彩斑斓更有意义。

蛰伏是一种本领，等待是一种精神。我们在春天展望着，也满心期待着。中国航天人将在这一年，继续凝心聚力，不断书写新的篇章。天舟一号货运飞船、嫦娥五号、北斗导航卫星的飞天之旅，将最终会化成一道道惊世的春雷，响彻寰宇！

2017年1月

# 天舟一号:"快递"中国力量

2017年4月20日晚,快递小哥"天舟一号"迎着夜色出发了,它带着满满当当的"包裹"、装着推进剂以及各种空间科学试验设备,奔赴茫茫太空。而"天宫二号"早已准备就绪,静静等候快递小哥的到来。经过两天的太空旅行,"天舟一号"和"天宫二号"准时相遇;自动交会对接过程如教科书般完美,就像是一次精彩的演练。虽然"天舟一号"还要在轨运行几个月时间,还有更多的试验要开展,但推进剂在轨补加试验的顺利实施,标志着"天舟一号"飞行任务取得圆满成功,空间站长期运营的又一关键技术取得重大突破。

空间站不仅是承担前沿科学技术研究的实验平台,也是综合科技和经济实力的标志。在"三步走"战略蓝图的引领下,中国载人航天取得了非凡的成就,先后突破和掌握了载人往返天地技术、太空出舱活动技术,以及航天器间的交会对接技术等系列关键技术,能够保证航天员在太空的中期驻留……而"天舟一号"的完美首秀，意味着我国已经具备了向在轨运行航天器补给物资、补加推进剂的能力，这正是保障我国未来空间站长期载人飞行的前提。

"天舟一号"的飞行之路还未结束，仍然充满挑战：接下来的几个月里，它还要与"天宫二号"实施三次交会对接、对"天宫二号"实施三次推进剂在轨补加、用搭载的几十台载荷设备在太空开展十余项载荷试验……。科学研究是对未知的探索，成功和失败都是正常的结果，但我们仍热切地盼望着"天舟一号"快递小哥能够继续进行教科书式的完美表演。

对宇宙的探索和渴望，是人类不竭的追求。磅礴的宇宙之海，不是人类肉身可以直接抗衡的，我们不仅需要建造高科技的"外壳"免遭厄难，而且目前仍然需要来自地球的"脐带"，补充我们的消耗。在未来的中国空间站时代，"天舟"就是一条连接天地的"脐带"，它承载着我们的梦想和希望，向太空宣示着越来越自信、越来越强大的中国力量。

2017 年 4 月

2020年6月检查空间站核心舱模拟器研制工作

2021 年 1 月参观国家天文馆月球科学实验室与嫦娥五号返回地球的月尘采样装置合影

# 人工智能——航天员不可或缺的好伙伴

《列子·汤问》中记载了一个小故事：一位工匠造出了和真人外表一样的人偶，为周穆王献歌献舞，"领其颐，则歌合律；捧其手，则舞应节。千变万化，唯意所适……"在这个近乎科幻性质的故事中，蕴含着古代对"人工智能"的朦胧渴望。

时光流转，人工智能已经成为科幻影视作品中的热门元素。从《2001：太空漫游》到《普罗米修斯》和《星际穿越》，科幻电影里拥有人工智能的机器充满了未知和神秘，那些大胆而合理的想象有时让人深感忧虑：人工智能有一天会摆脱人类的驾驭吗？

尽管有不少科学家对人工智能的未来充满担忧，但人工智能的研究一直没有停止。1956年，达特茅斯会议标志着人工智能的诞生。此后几十年里，人工智能飞速发展，在语音识别、自然语言理解、数据挖掘、计算机视觉方面取得了很大的进展，甚至在一些领域大展拳脚，在实际应用中展示了惊人的效率。

航天飞行环境严酷，航天活动复杂、风险高，无疑是人工智能"大展身手"的领域。航天系统的自动化可以看成是人工智能的雏形。经过几十年的发展，人工智能在航天中开始生根发芽、茁壮成长。从深空1号实现一定程度的自主规划到火星漫游车的自主智能导航和任务规划；从辅助航天员拍照到代替航天员完成出舱活动，人工智能在诸多航天领域得到了深度应用。

尽管人工智能系统的发展尚属初期阶段，但其"威力"已经初露端倪。我们可以想见，在未来的载人航天任务中，航天员将配备更加专业、可靠的人工智能"航天员"，辅助航天员完成舱外组装建造、行星表面勘测、航天器在轨自主维护、在轨制造（空间建造机器人）、智能分析等各种工作，充分利用人工智能的优势快速完成信息处理，代替航天员完成很多枯燥、重复或者危险的工作任务。

无论如何，在载人航天中，航天员永远是不可替代的核心。如果跟机器比存储记忆或运算，人类很快就会败下阵来；但人的创造力、激情、学习能力、对复杂问题的决策能力等，都是人工智能无法企及的。

作为飞行任务的新"乘员"，我们期待它们能减少航天员体力和精力上的负荷，代替航天员执行危险性高的工作任务。我们相信，人工智能和航天员的合理分工、密切配合，将在载人航天任务中产生倍增器的效果。人工智能不仅是航天员得心应手的工具，更是他们"心灵相通"的好伙伴。

2017年6月

# 奔月梦想，壮丽而孤寂

月球是我们数千年来心灵的伙伴，是人类宗教和文化的重要载体之一。

1902年，导演乔治·梅里爱完成了世界上第一部真正意义上的科幻电影——《月球之旅》。在14分钟的影片中，梅里爱采取神话剧的传统风格，表现了一群天文学家乘坐炮弹到月球探险的情景。这部大名鼎鼎的作品开创了科幻片的先河。

影片利用蒙太奇技术和特技手段，成功地表现了炮弹飞向月球以及在月球表面降落等场面，月球表面和内部景像也表现得蔚为壮观。

明明如月，何时可掇？那时观影的人们完全没有想到，六十七年后的1969年7月20日，亘古沉睡的月球真正迎来了第一批人类访客。

阿波罗11号航天员巴兹·奥尔德林在形容月球时用了两个词："壮丽而孤寂"。如果把这两个词用来形容人类月球旅行的梦想，也许同样贴切。近半个世纪过去了，登月的人数还是定格在了 12 名。

载人月球飞行再次成为航天领域的热点方向。无论是火星还是更远的地方，月球——人类这一陌生而又熟悉的近邻都将是一个桥头堡，是人类星际航行梦想的前哨。但这一次，我们的目标不仅仅是登月，也不仅仅是在月面长期驻留，而是更宏大的梦想——让普通人到月球旅游。

再次重新审视九天揽月梦想的时候，尽管存在这样或者那样的困难，但我们并非"筚路蓝缕"：时光流转了近半个世纪，无论是从"阿波罗"还是后续一系列的航天计划中，我们已经积累了相当的航天技术和实践经验，有了更为坚实的基础。

以梦为马，以时光当风。也许未来，月球将成为人类短期观光的首选景区。届时，人们蜂拥而至，聚集在一座座环形山下，惬意地欣赏这一片荒芜的盛景。那个时候，他们会追忆往昔，遥想当年的先驱者们拼尽全力，只为在此度过几个小时的情景；他们会从亿万年的时光跨度，感悟太阳系形成时的乐章。

梦想，像月海一样，壮丽而孤寂。

2017 年 6 月

# 星海再扬帆

"旧时王谢堂前燕,飞入寻常百姓家",科技的进步和发展,让越来越多的"奢侈品"走进了寻常百姓的家里。几十年前,"电灯电话、楼上楼下"还是遥不可及的梦想,现在出国旅游都是如此的寻常;一百多年前,目睹莱特兄弟"旅行者1号"飞机蹒跚着短暂飞离地面的人们,做梦都不会想到,航空飞行会发展成为一种大众出行方式。人类探索未知的脚步从未停歇,航天技术的日新月异,似乎正在开启另一个崭新的时代。

太空是陆地、海洋、天空之外的"第四疆域",这个新疆域与地球环境截然不同:它是一个高真空、微重力、强辐射、高低温并存的恶劣环境。即使有航天器和航天服的保护,航天员也会时刻面临着致命的危险。此外,起飞的超重加速度、返回时着陆冲击、飞行期间的失重……第四疆域不仅仅是对人类的挑战,一度对地球所有生命划出了天然的"禁飞区"。

1961年4月12日，加加林第一次在宇宙中留下了人类的足迹，人类首次点燃了探索太空的"圣火"。如果地球外有一面大大的电子显示屏，那么它已经更新了几百次，记录了过去半个多世纪以来，551位飞进太空先行者的名字。迈过小心翼翼的载人飞行的初期阶段，现在对航天员的要求已不再像一开始那样的"严苛"，"航天员"对普通人来说似乎不再是遥不可及的梦想。这个向第四疆域挑战的职业，开始逐渐向更多领域开放。尽管如此，太空飞行还远未普及到普通大众。通过参选成为预备航天员，是当前通往第四疆域最可行的途径。当然，你也可以先实现亿万富翁的"小目标"，然后购买一张昂贵的"船票"，圆自己的飞天大梦想。

2017年6月，NASA最新选拔出了12名预备航天员。这批队伍中，除了一部分具有军队背景外，科学、技术、工程或数学领域都有人加入。他们不仅仅是驾驶员，还是空间科学家，是航天器工程师，是太空教师……

NASA对他们寄予厚望，除了执行国际空间站任务，他们还将驾乘商业公司飞船以及乘坐由NASA开发的"猎户座"飞船飞跃月球，最终登陆火星……

更遥远的深空探测、全新的载人航天器，从近地轨道到月球、火星，一批又一批的航天员将薪火相承，在不断的自我超越中，继续代表人类去不断刷新第四疆域的新纪录。

2017年8月

# 风雨同舟，不以山海为远

刚刚过去的盛夏，中国迎来了一批特殊的客人。他们是包括意大利航天员萨曼莎·克里斯托弗雷蒂和德国航天员马蒂亚斯·毛雷尔在内的欧空局5人代表团。2017年8月5日，他们和中国16名航天员一起，在山东烟台展开了为期十七天的海上救生训练。

因为他们的到来，烈日炎炎的烟台海域，多了一抹异域风情。这是我国航天员首次在真实海域开展救生训练，也是外国航天员首次参与由我国组织的大型训练任务。

太空飞行是所有航天员的事业和终极目标，伴随而来的艰苦训练也是世界上所有航天员的"必修课"。他们不但要学习各种专业技能，学会如何驾驶飞船，还要学习各种情况下返回着陆后的生存问题。

在训练中，中欧航天员认真做好每一个环节，在和谐、紧张的氛围中互相鼓励、友好交流。无论是飞天老将萨曼莎，还是初出茅庐的马蒂亚斯，都和中国航天员们打成一片，"风雨同舟"，齐心协力，迸发出了浓浓的"战斗情谊"。

早在2015年5月，中欧签订了合作协议，开启了中欧互派航天员参加对方训练的大门。凡合作即是机遇，也是大势。步入21世纪，包括欧空局在内的航天大国都发布了新的载人航天愿景，近地空间、月球、火星甚至小行星……人们越来越意识到，太空是需要集全人类的智慧和力量通力合作才能"征服"的疆域。

航天事业是人类共同的事业，更是一个挑战无限的领域。载人航天探索涉及科技水平高、资金投入巨大，在航天领域尤其是载人航天领域开展国际合作不可避免。通过国家层面或商业航天领域的技术、经济合作，节约投入、提升飞行安全系数方是上上之策。

既要独立自主，也要敞开胸怀。中国在载人航天领域的发展步伐不可阻挡，空间站计划正在坚实向前步步推进；在不久的将来，中国将以更自信的姿态，在遥远的太空搭建国际间交流合作的新平台。

志合者，不以山海为远。

2017年10月

# 致敬团队，致敬时代

自从1998年1月5日成立以来，中国人民解放军航天员大队已走过了二十年的风雨历程。在中华民族的航天史册里，航天员大队的飞天勇士们书写了一曲曲波澜壮阔的乐章。二十年来，这些飞天勇士不忘初心，牢记使命，用自己的青春、汗水，圆满完成6次载人航天飞行任务，为中国载人航天的一次次跨越和突破，做出了杰出的贡献。

这是一支英雄的团队。先后有11名航天员被中共中央、国务院、中央军委授予"航天英雄"或"英雄航天员"荣誉称号，1人被评为"100位新中国成立以来感动中国人物"，1人获八一勋章。2003年11月，大队被中央军委授予"英雄航天员大队"荣誉称号。2017年1月，中共中央总书记、国家主席、中央军委主席习近平签发命令，为大队记集体一等功。2018年1月25日，中央宣传部向全社会公开发布了航天员群体的先进事迹，同时授予他们"时代楷模"荣誉称号。

一时间，"航天员"一词的热度急速飙升，占据了各大媒体的"头条"。人们争相阅读着、转发着、感慨着……

我们要向这支英雄的团队致敬。这是一个富于激情、积极进取、敢于拼搏的团队，是所有航天员的"心灵家园"。

曾经有一位航天员动情地说："航天员大队是一个团结的集体，一个自律的集体，一个奋进的集体，是一个乐于奉献的集体……能够生活在这样一个团队，我们感到非常幸福……"在这支英雄的队伍里，每一个生命都在迸发出无穷的力量，都在给团队带来持久的润泽和光彩，激励着所有航天员不断前行。

我们要向那一个个闪闪发光的名字致敬。杨利伟、费俊龙、聂海胜、翟志刚、刘伯明、景海鹏、刘旺、刘洋、张晓光、王亚平、陈冬……他们从严苛的考核中脱颖而出，代表身后所有的战友和所有华夏儿女出征太空、寰宇逐梦。无论是巡天遥看的精彩图景还是喜庆凯旋的欢呼雀跃，那一幕幕激动人心的场景宛然如昨。

我们更要向那一个个首次公开的名字致敬。邓清明、吴杰、李庆龙、陈全、潘占春、赵传东……天路迢迢，征程漫漫，一次次落选，一次次失望，一次次坚持。他们为了祖国载人航天事业奉献了自己的青春年华，却始终没能驾驶神舟飞船飞向太空。"铺路奠基有我，功成不必在我。"尽管他们的梦想没有成真，并不意味着梦想没有价值，他们的付出和准备，是为了国家、民族的更大梦想。

每一个为梦想而战的名字都会被铭记，每一缕执着、奋进的精神都会被仰望。而今他们当中有的因年龄原因停航停训，怀着深深的眷恋离开了航天员队伍；有的仍在继续坚守着，争取在新时代进军太空的新征程上留下自己的足迹。

致敬团队，致敬英雄，更致敬时代。"发展航天事业，建设航天强国，是我们不懈追求的航天梦。"从人造卫星到载人航天，从月球探测到火星计划，从"悟空"到"墨子"，从神舟、天宫再到空间站……中国航天事业一次次刷新着"太空高度"。

二十年，一代人的使命传承，一个事业的腾飞起航，一个国家的跨越发展。

时代造就英雄，英雄引领时代。岁月沧桑，梦想不老，二十岁，我们再出发！

2018 年 1 月

# 风雨回眸，砥砺前行

1961年4月12日，苏联航天员加加林乘东方1号飞船升空，历时108分钟，代表人类首次进入太空，震惊世界。接踵而来的，是人类首位女航天员飞天，首次太空行走，首次太空交会对接，首次载人登月……

面对茫茫宇宙，作为泱泱大国的中国没有选择沉默。1968年，随着"曙光"计划的启动，宇宙医学及工程技术研究所（中国航天员科研训练中心前身）成立了。几度风雨，几度春秋。五十年，中国航天员科研训练中心从无到有，辗转前行。至今，中心建立了国家级、总部级重点实验室4个，荣获国家级等重大科技进步奖50余项，逐渐发展成为继俄罗斯加加林中心、美国约翰逊中心之后的世界第三大航天员中心。

五十载峥嵘岁月稠。从曙光号到神舟十一号飞行任务，中心几代航天人创立发展了以系统论为指导、以确保航天员"安全、健康、高效"为工作目标、具有中国特色的航天医学工程理论体系和工程实践技术体系，研制了以"飞天"舱外服为代表的高质量飞行产品，圆满完成了包括6次载人飞行任务在内的14次飞行任务。

从这里走向太空。

每一次出征，凝聚着奋斗与拼搏；

每一次归来，镌刻着光荣与梦想。

难以忘记，2003年，杨利伟驾乘神舟五号成功首飞，这一壮举以不亚于我国首颗原子弹爆炸的冲击力震撼了全世界，中华民族的自信心和凝聚力空前高涨。

难以忘记，费俊龙和聂海胜乘神舟六号再度飞天，实现了载人航天飞行从"一人一天"到"多人多天"的重大跨越，再一次雄辩地向世人昭示，中国人有志气、有信心、有能力飞得更高更远。

难以忘记，第一次太空出舱行走，翟志刚以自己的一小步，迈出了中华民族攀登科技高峰的一大步；

难以忘记，第一次手控交会对接，刘旺打出了漂亮的"太空十环"，标志着我国成功叩开空间站时代的大门，太空中也迎来了中国首位女航天员刘洋；

难以忘记，第一次太空授课，王亚平成为中国首位太空女教师，向全国广大青少年播下了科学和梦想的种子；

难以忘记，第一次中长期在轨驻留，景海鹏、陈冬太空飞行三十三天，为后续建设中国空间站打下了坚实基础。

让我们共同回眸这段历史，想念那些为祖国航天事业艰苦创业、为后人搭起平台的老前辈和与我们共同战斗的同辈们，重温他们热爱航天事业、辛勤耕耘、锲而不舍的献身精神。

五十年，一幅迤逦多姿的飞天长卷；

五十年，一座巍峨不朽的太空丰碑。

"五十而知天命"，飞天，正是时代赋予中心的光辉使命。

五十年前，我们从起点出发，创造了前所未有的辉煌；今天，我们又来到了一个新的起点，开始了又一段逐梦之旅。年至知命的航天员中心，必将以更加自信、从容的姿态，继续紧密融进祖国载人航天事业的洪流，培育更多优秀的飞天骄子和航天人才，开展更多基础性、前瞻性的探索。

2018 年 4 月 1 日

# 传承是最好的纪念

在满目芳菲、和风习习的4月，我们迎来了第三个"中国航天日"。

回首过去一年，首颗硬X射线空间天文卫星"慧眼"成功发射，首颗高通量通信卫星实践十三号正式投入使用，8颗北斗三号开启北斗卫星导航系统全球组网新阶段……我国完成航天发射25次，将53颗卫星送入太空，中国航天再次向党和全国人民交出了一份亮丽的答卷。

庆祝航天日，用辉煌的成就激励人。筚路蓝缕，以启来路；不忘过去，方得始终。从"一箭一星"到"一箭多星"，从长征一号小型运载火箭到长征五号新一代大型运载火箭，从东方红一号卫星到多种试验、科学和应用卫星，从神舟载人飞船到天宫空间实验室、天舟货运飞船，从嫦娥一号绕月探测到嫦娥三号落月探测……在迈向世界航天强国的征途中，航天人用辉煌的业绩不断刷新中国航天纪录。

庆祝航天日，用伟大的精神凝聚人。在这特殊的日子里，全社会共同回顾中国航天创业史，铭记"两弹一星"精神和载人航天精神，引导激发航天人以及全国的科技工作者、全国人民关心和支持祖国航天事业的发展，进一步凝聚实现中国梦、航天梦的强大力量。

当然，传承才是最好的纪念。每一年的航天日，都是一次公众与航天亲密接触的"嘉年华"。在今年的航天日活动中，多种形式的论坛、报告会、颁奖会、科普展，让公众受益匪浅。无论是航天员还是航天专家，都在航天日期间抽出时间，与社会各界、青少年深入交流互动，讲述他们的航天故事，播撒下梦想的种子。

丰富多彩的活动，不仅普及了航天知识，更有效地激发了青少年的探索精神和创新理念，引导青少年树立正确的价值观，学习航天人自主创新、自强不息、艰苦奋斗、勇攀高峰的民族精神，积极投身科技事业，以所学的知识报效祖国。

奔向太空是勇敢者的事业，更是全人类的使命，需要各国共同努力。坚持和平利用外层空间资源是我国的一贯宗旨，"中国航天日"也是世界了解中国航天的窗口。我们希望能以航天日为契机，进一步加强和国际同行的交流与合作。

2018年4月24日

2021年9月在西沙老龙头刻有"祖国万岁"的礁石前留影

2021年9月登上西沙老龙头

2021年10月受北大团委之邀做客"北大讲座"与师生们交流中国载人航天工程成就

2021年10月受北大团委之邀做客"北大讲座"与师生们交流中国载人航天工程成就后合影

# 期待下一个十年

夏日的热浪渐渐褪去，转眼便到了叠翠流金的金秋时节。

"神舟七号报告：我已出舱，感觉良好！"每每不经意回想起十年前的历史性时刻，依然让人心潮澎湃、充满感动。对于所有航天人来说，2008年注定是不平凡的一年。在波折和未知风险的陪伴下，神舟七号载人飞行实现了新的跨越，完成了我国首次太空出舱活动，再次引发了波及全社会的轰动效应。中国航天员太空漫步、挥舞国旗的镜头，一时间也成为展示国家成就、彰显大国气魄的重要组成部分。

漫步金秋，感受生命的轮回低语，是属于每一个个体的至美体验；

漫步太空，则是生命的宣告，是人类探索的勇气迸发。

推开门，看宇宙。经过一系列复杂的出舱前准备，当你推开舱门，缓缓地探出飞船，我相信，你看到的景象一定前所未有，你的体验一定会无与伦比。"行走在太空，深深体会到祖国的强盛、人类技术进步的伟大"，航天英雄们如是说。

从技术的角度来说，太空出舱是载人航天活动中的关键技术。未来空间站的舱段组装、设备维护以及一系列的空间实验，也都离不开出舱活动的支持。可以说，出舱活动在载人航天事业的发展进程中有着举足轻重的地位。

在我国空间站计划稳步推进的背景下，我们更要聚焦和解决好未来太空漫步面临的诸多问题和挑战，这不仅关乎航天员的安全，也关乎未来太空飞行任务和整个载人航天计划推进质量。

在中华民族伟大复兴的中国梦牵引下，中国航天事业不断醒目世界、迎头奋进，将占据越来越多的领先地位。随着航天领域的不断实践和突破，也一定会让中国梦更加刚健自信、更加触手可及！

2018 年 5 月

# 承载未来的大国重器

五十多年前，苏联航天员加加林首次进入太空开启了人类载人空间探索新纪元。自此，大国之间的太空角逐从未停歇过。阿姆斯特朗首次登月，天空实验室发射，和平号空间站建设，航天飞机入役，国际空间站运行……一个个雄心勃勃的计划竞相登场，大显身手。当然，奋起直追的中国载人航天也不甘落后，为人类太空探索的画卷涂上了一抹重彩。

地球强大的引力势阱未能阻挡住人类迈向太空的脚步，下一步的目标必定是更遥远的深空。人类进入空间需要突破一系列关键技术，其中的头功非运载工具——火箭莫属。

火箭的运载能力，直接决定了进入太空的能力。重型火箭是实现航天强国的关键一环，可以说，重型火箭是托举未来深空探测的基石，是一个国家迈向航天强国之路的必然关口。无论是满足我国未来载人登月、火星探测等任务需求，还是实施太空发展战略、有效拓展航天产业发展空间、提高中国航天在国际上的话语权，以及发展重型火箭都有着重大而特殊的战略意义。中国航天科技集团运载火箭技术研究院去年发布的《2017—2045年航天运输系统发展路线图》，系统规划了长征系列运载火箭的能力建设前景与发展蓝图：2020年长征八号首飞，2030年左右重型运载火箭实现首飞，2035年左右运载火箭实现完全重复使用，2040年左右未来一代运载火箭投入应用，2045年具备规模性人机协同探索空间的能力……

除了精神力量的支撑，专业与经验也必不可少。"以史为镜，可以知兴替；以人为镜，可以明得失。"回顾历史，各个航天大国在重型火箭的研发历程中取得了辉煌的成就，也曾深陷失败的泥沼。

成功不等于成熟，成熟不等于可靠。中国发展航天事业不是重复他国的"老路"。在"建设航天强国"这一新目标的指引下，我国重型火箭绝不仅仅是对别人的简单重复，而是以史为镜、少走弯路，同时进行新技术研究和创新突破。

太空，永远是大国间纵横捭阖的阵地。重型火箭就是我们未来走向深空的大国重器。在人类蹒跚起步的太空时代，身处其中的每一个航天人，都承担着共同的责任。每一步，对于我们来说都是新的起点。

2018 年 10 月

# 飞天路上的安全守护

载人航天，人命关天。

自 1961 年加加林代表人类首次进入太空以来，已经有 21 位飞天勇士，在飞天的征途中因意外事故，献出了宝贵的生命。也正是这些勇者的鲜血，换取了宝贵的经验，航天飞行的安全性大大提高。自 2003 年"哥伦比亚"号航天飞机返回解体造成 7 名航天员遇难事故后，再未发生过航天员牺牲的重大航天事故。在公众的认知里，航天飞行似乎不再"危险"了，但航天工作者深知其中潜藏的风险。

俄罗斯的"联盟"号载人飞船可称得上是"常胜将军"。自 1971 年"联盟"11 号事故后，一直保持着安全飞行的记录，"联盟"号飞船被认为是世界上最安全、最可靠的载人航天器，良好的发射记录让人们对它充满信心，而它的每一次发射也似乎已经成为了"例行公事"。

2018 年 10 月 11 日，也本应是"例行公事"发射的联盟 MS-10 最终演变为一场惊心动魄的意外：发射后 118 秒时，火箭出现故障，飞船启动紧急脱离程序，与发生事故的火箭成功脱离。航天员阿列克谢·奥夫奇宁和尼克·黑格成功逃生，降落在哈萨克斯坦境内。

其实，航天科技工作者针对发射到返回全过程中可能遇到的风险，都进行了周密的考虑，制定了应急预案，航天员也进行了相应的训练，掌握了逃逸救生技能。逃逸系统是载人航天的"护身符"，为航天员的安全提供有力的保证。我们希望它永远也不要发挥作用，因为它的启用标志着任务的失败。然而一旦需要，它一定能力挽狂澜，挽救航天员的生命。

这并不是人类载人航天史上第一次事故，当然，也不是航天员第一次实现成功逃生。纵观人类航天史，每一次天地征途，都是与风险相伴，稍有不慎，就会付出让人痛心的代价。这次事故给俄罗斯，也给全人类的太空飞行事业再次打了一剂"安全疫苗"，提醒人们太空飞行风险仍在，我们的天地往返技术并非无可挑剔。可怕的魔鬼，仍然藏在数以万计的零件之中，必须时刻保持高度的警惕。

"我们的征途是星辰大海"。如今，我们的航天事业正朝着新的目标迈进，建立空间站、开展长期有人的太空驻留任务……届时，天地飞行将成为常态，这给飞行安全也带来了新的挑战。

探索太空，值得冒险，但冒险不等于冒进。我们不能以生命为筹码，一次次去遍历每一个可能的失误。质量是航天事业的生命，是构筑航天员安全的基石。无论在哪个阶段，每一次"例行公事"都必须慎之又慎，才能确保安全可靠、万无一失。

2018年12月

# 以生命之名，照亮孤独宇宙

2018年的记忆还在涌动，2019年的大门已经徐徐打开，春天的气息扑面而来。

2018，宇宙不寂寞。"洞察号"火星探测器成功着陆火星，开始感受它独特的脉动；帕克太阳探测器奔赴太阳，在光和热的洗礼中探索奥秘；奥斯里斯·雷克斯探测器造访近地小行星"贝努"；贝皮·科伦布探测器开始了和水星的漫长约会……

2018年，更是被中国航天人称为"超级2018"，梦想的火焰一次次点燃：这是北斗三号基本系统完成建设开始提供全球服务的2018；这是世界首颗月背中继星-鹊桥成功发射、嫦娥四号月背之旅启航的2018；这是中国航天年度发射次数首次独居全球第一的2018!

在宇宙的厚重年轮上，一年的时间不过倏忽一瞬，"盖将自其变者而观之，则天地曾不能以一瞬；自其不变者而观之，则物与我皆无尽也"。对于生活在地球上的每一个人来说，每一年都意义非凡：在浩渺宇宙的求索中，人类留下了文明的印记，呈现出生命与智慧的魅力与光芒。

从目前人类的认知来看，孕育着美妙生命的地球有几分孤独，还没有发现其他智慧生命的确切存在。无论是眼花缭乱的科技进步，还是纷繁错杂的利益纠葛，我们要更加珍视自身，始终对生命抱有足够的尊重。2018年11月的"基因编辑婴儿"事件给我们敲响了警钟，科技的"双刃剑"效应必须予以足够重视。只有坚守公平正义，遵守伦理道德，遵循科学规律，才能将人类的发展维持在文明的轨道上。

2018年，中国改革开放迎来了四十年的重要节点，波澜壮阔的改革改变了中国，也影响了世界。这一年，中国再次向世界发出了新时代改革开放的郑重宣言。新的标杆，新的希望，新的机遇和挑战。

路就在脚下。"我们都在努力奔跑，我们都是追梦人"，国家主席习近平2019年的新年贺词提振人心，催人奋进。2019年，航天人在追梦太空的新征途上必将继续书写辉煌！

2019年1月

# 志存高远，行者无疆

踏入茫茫星空去探索未知，成为宇宙的行者。

激动人心的旅程开始之前，我们必须要考虑到：在地球上进化数百万年的生命，在长期的深空生活中会发生怎样的变化？如何保障深空探索者健康、高效、安全工作？这些困惑，我们必须通过一步步的航天医学实验去做好风险评估。

不久前，《科学》杂志刊登了一年期天地同卵双胞胎试验的重要研究结果。在谈论研究结果之前，我们必须意识到：这项研究本身为开展航天医学研究提供了一种非常有意义的模型——空间实验难度大、样本少且状态往往难以控制，要取得有效可控的结果和严谨慎重的结论殊为不易。以具有相同基因的同卵双胞胎航天员作为研究对象，能很好地反映出遗传背景相同的个体对不同环境的各种适应表现，相同的时间周期中，一人在天上，一人在地面，对照比较他们生理参数、指标的差异变化，从而评估太空飞行对人的影响。

航天员是未来载人深空探测的主体，其作用能否充分发挥是航天任务成败的关键。除了生理、心理方面的风险预防和保障，航天员还需要与更智能、更先进的机器进行更为密切的合作；而在航天员乘组、航天器以及空间环境构成的复杂的人机环系统中，如何充分考虑空间环境下航天员的生理心理变化和要求，使人机科学协同、系统安全可靠且操控灵便……这一切，离不开人因工程。

面对的是一条充满艰辛、曲折的荆棘之路。

希腊德尔斐神殿门口有一句流传千年的箴言："人啊，认识你自己！"在新的乐章奏响之前，尽可能地认识自身、修炼自身。只有更多地认识自己，人类才能在征服太空的旅途上走得更深更远；而探索宇宙或许也能让人类丰富对自身的认知。志存高远，行者无疆。

2019 年 4 月

# 把他乡变成故乡

1609年，意大利天文学家伽利略用一支原始的望远镜对火星进行了观察；

17世纪，开普勒绘制出了火星运行的椭圆形轨道；

1877年，意大利科学家乔万尼·斯基帕雷利发布了第一张详细的火星表面绘图。

进入航天时代，火星探测更是贯穿了整个人类航天史。

1964年，水手4号首次向地球发回了火星照片；1971年，水手9号成为第一颗进入火星轨道的探测器；同一年，火星3号成为首颗在火星着陆的探测器……

我们对火星和火星任务的认识都来自于数百年知识的积累。大约相当于地球38%的重力环境，稀薄无比的大气层，恶劣的气候和辐射环境……毫无疑问，火星是一片荒芜之地。多年来，人们试图寻找火星水源以及生命的痕迹，目前仅仅在火星表面发现了有液态水活动的证据，但这并不妨碍人们对火星魂牵梦绕，火星载人探索计划一直是深空探测的焦点之一。

人类已经实现了载人登月，但这并不意味着载人登陆火星触手可及。地球－火星飞行、火星驻留、火星－地球返回，无论哪个阶段，载人火星任务相比于登月任务要更加复杂，挑战更高：性能可靠的火箭、航天器以及相关的飞行器对接、组装、再入、着陆等工程技术；航天员长期深空旅行的赖以生存的受控生态生保系统；医学保障、深空辐射和失重防护等问题……千头万绪，都需要我们一步步地去研究、攻克。

科幻片《流浪地球》的上映，把我们的视线再次拽向了深空。12000 台巨大的行星发动机带着地球一起，恓惶出逃半人马星系。末日来临，故土难离。当然，这一疯狂的举动不仅仅是家园情怀，更牵扯到现实的生存问题：只有地球完善而庞大的生态循环，才能保证人类在漫长的旅途中繁衍不息。宇宙文明的灯塔、亘古的梦想、家园的情怀交织相融。期待将来可以借助更先进的技术，创造出和地球类似的自然环境，让生命得以在火星和其他星球真正地繁衍、延续。

经过半个多世纪航天探索技术的积淀，载人登陆火星计划已经提到议事日程。"行歌望山去，意似归乡人。"愿阳光照耀之处，都刻下人类的痕迹；愿每一个他乡，都是故乡。

2019 年 4 月

# 喝彩新锐力量

2019年7月25日13时，我国民营航天企业——北京星际荣耀空间科技有限公司的双曲线一号遥一（"SQX-1Y1"）运载火箭在甘肃酒泉发射，成功将两颗卫星及有效载荷准确送入预定轨道。这是我国民营商业运载火箭首次入轨发射成功，并实现了"一箭双星"。

早在刚刚开始有人类航天活动的时候，"商业航天"的概念就已经开始萌芽和发展。运载火箭、卫星、载人航天、航天飞机、深空探测……不断的航天探索活动也推动着商业航天的实践和进步。

近年来，在运载火箭、飞船、卫星和空间应用等领域，涌现出了太空探索公司（SpaceX）、蓝色起源（BlueOrigin）、OneWeb等优秀的商业航天公司，取得了不俗的成就，彰显出商业航天推动技术进步和产业发展的巨大力量。

商业航天活动直接为国民经济和社会发展信息化提供服务。在国家经济发展、空间探测以及不断增长的太空经济活动的需求下，通过技术创新、二次应用服务于其他行业的信息化、现代化，最终服务于国家战略，发展商业航天具有非常重要的现实意义。

随着国家大力推动军民融合，航天经济的大潮之下，中国民营航天开始崭露头角。相比于国外在这一领域的先行者们，"后发者"也有着天然的优势：除了拥有较高的起点，还有更多的经验、教训以供借鉴，做到稳中求进。

为中国未来的新锐力量喝彩。承载时代赋予的使命，相信民营航天将成为一支不可或缺的多元力量，与中国航天事业"同频共振"，成为中国迈向航天强国征程中的重要力量和有力补充。

2019年8月

# 金秋十月，致敬共和国英雄

金秋十月，丹桂飘香，我们迎来了中华人民共和国成立七十周年。

七十年风雨交汇，七十年披荆斩棘，七十年沧桑巨变。中华民族在中国共产党的领导下，从饱受欺凌、毫无尊严，到今天傲然屹立于世界，昂首阔步，走向伟大复兴。

七十周年，华夏儿女逐梦星空的步伐也从未止步。伴随着新中国的成长，中国航天也已经走过六十三载峥嵘岁月，破茧成蝶，成为中华民族伟大复兴征途中的亮丽画卷。

从"东方红"到第一颗返回式卫星，从对地观测卫星到高通量通信卫星，从"北斗"到"嫦娥"，从长征亮剑、神舟遨游到天宫筑梦、玉兔探月……中国航天承载梦想，也创造未来。

国庆前夕，国家主席习近平签署主席令，孙家栋院士获颁"共和国勋章"，叶培建院士获颁"人民科学家"国家荣誉称号奖章。"一个有希望的民族不能没有英雄，一个有前途的国家不能没有先锋。"在中国航天事业蹒跚起步的年代，在失败与挫折洗礼中，孙家栋等老一辈航天人向世界证明了：中国有能力搞好自己的航天事业！让我们向英雄致敬，向23位"两弹一星"元勋致敬，向无数平凡但伟大的航天人致敬！

致敬英雄，是为了锻铸民族的精魂。"天地英雄气，千秋尚凛然"，英雄是国家和民族的脊梁，承载着跨越时空的精神力量。中华民族飞天的梦想正是靠一代代英雄的航天人不畏艰险、不怕牺牲、无私奉献才能实现的，他们在收获成功的同时打磨塑造着一个优秀民族应有的品格与精神文化。

致敬英雄，是为了形成崇尚荣誉的氛围。借国庆东风，通过大力褒扬、宣传功勋模范人物的丰功伟绩，有利于在全社会推动形成见贤思齐、崇德向善、争做先锋的良好氛围。对于航天领域而言，必将进一步增强广大航天人的荣誉感、责任感和使命感。

致敬英雄，也是为了树立学习榜样。榜样的力量是无穷的，特别是这些航天科技界的英雄人物淡泊名利、拼搏奉献的事迹尤为令人感动，为我们树立了旗帜和榜样，召唤着更多有志于航天事业的科技工作者为实现航天强国的梦想接续奋斗。

2019 年 10 月 1 日

2022年6月陪周建平总师（右三）和杨利伟(右二)与正在返回后康复疗养的神舟十三号乘组（左一：叶光富，左三：王亚平，右一：翟志刚）座谈交流后留影

# 后记

酝酿已久的诗文集几经修订即将付梓，这一刻我既感到兴奋欣慰又感到紧张惶恐。兴奋欣慰的是，朝实现曾经编织的文学梦迈近了一步，多年来熬夜码字付出的心血终于有了一个至少是可对自己交代的阶段性总结成果。紧张惶恐的是，作为一名科研人员，写几篇学术论文、出版一两部科学论著当属正常本职之责，但出版文学类作品却似有附庸风雅甚至不务正业之嫌。而且于我而言，吟诗作赋纯属业余爱好，一份"画眉深浅入时无"的忐忑和纠结总也挥之不去，唯恐错谬之处过多而贻笑大方。不过，这么多年来自己所亲身经历的风雨坎坷、惊心动魄的航天追梦之路，的确有太多太多的感受与心语不吐不快，想要表达的冲动竟压抑不住。《银汉逐梦》就这样呈现在了读者面前，它可能有些粗糙、有些直白、有些稚嫩，但它毕竟折射了一个航天人追梦的心路历程，期望能有一些分享价值。

这本诗文集从文体上可分为三大部分。第一部分主要是诗词。我个人一直喜爱我国的古诗词，它凝练、深情、隽永，以其格律与意象表达简约而含蓄的美，具有独特魅力。但古诗词很难写，平仄与韵律要求严苛，现今来说这可能也是一种束缚会影响畅意表达。本部分诗词有不少仿古诗词体，并未遵循格律规则，仅借其形而直抒胸臆。还有一些现代诗体的诗，也是尝试着写的，不妥不合之处，请读者批评。诗词部分从内容上分为三个专题：一专题取名"驭剑九天寻梦去"，抒发了对航天辉煌成就与拼搏精神的赞颂；二专题取名"浮生若梦情无价"，主要记录一些个人的人生感悟；三专题取名"逍遥自在不羡仙"，主要描绘度假游历中的所见所闻所感。第二部分"一曲高歌慰我心"，主要是歌词，大多是在《神剑》《歌曲》等杂志上发表过的。这部分以讴歌航天为主，与著名的歌唱家、词曲作家一起合作制作过相关音乐与视频。第三部分"人类因太空梦想而伟大"，主要是散文，大多是根据已发表在《航天员》杂志和其他杂志的卷首语改编的。这部分内容较为丰富，试图体现出一种宏阔视野和浓烈的时代气息。作品不仅以中国载人航天事业发展脉络为主线展开评述，如对历次载人飞行的回顾与展望，而且紧紧跟踪世界航天发展大势，倡导和平开发利用太空、守护人类共同家园的理念，对国际重大航天事件进行点评。如美国的航天飞机退役、国际空间站动态、航天新技术与商业航天等热门话题均有涉及。这些散文在以航天为背景传播科学知识、弘扬科学精神的同时，还紧扣时代脉搏，关注重大现实社会问题，如抢险救灾、抗疫扶贫、举办北京奥运会等，体现出人文情怀。

今年是中国载人航天工程实施三十周年。回想三十年前，工程刚启动，不到三十岁的我被任命为航天员系统副总设计师，倍感光荣和责任重大。我有幸亲历参与了国家载人航天工程全过程研制试验工作，从神舟一号首次无人飞行到神舟五号杨利伟首飞圆梦、再到今天的中国空间站建造，一步一步见证了祖国载人航天事业的辉煌腾飞与发展。三十年风雨砥砺，三十年拼搏奉献，"牧星苍宇踏歌来"！航天人自有航天人的激情与浪漫，航天人自有航天人的追求与情怀！航天梦是中国梦的重要组成部分，自己能赶上这样一个伟大的时代，从事这样一个伟大的事业，奔赴这样一个伟大的征程，内心深处升腾起的那种使命感与自豪感即使形诸笔墨用最华丽的辞藻也难以表达其万一。

非常感谢作家出版社的鼎力支持和编辑们的辛勤劳动！

特别感谢责任编辑宋辰辰认真细致的工作和热心的支持帮助！

非常感谢《航天员》杂志社的编辑们多年的合作，有些卷首语也是我们共同智慧的结晶！非常感谢我的同事们提供的精美照片（在此不一一具名）！

特别致谢高占祥、周文彰、周建平、杨利伟、王亚平诸位老师和战友的热情点评并提出的宝贵建议！

北京的夏夜酷热难耐，伏案一久便更觉困乏，一抬头墙上那幅《长翼凌云》书法便映入眼帘，那苍劲而灵逸的字迹，令我为之一振，又引起了我的遐思。起身推开窗户，只见窗外漫天星斗熠熠闪烁。我把目光投向更遥远的深空，无边无际，深邃莫测，尤叹浩瀚宇宙，奥妙无穷。梦从少年始，何年方可休？我知道，追梦之旅永无终点，三十年后的今天虽至花甲之年，但心若在，梦还在，"花甲重来写新词"，策马扬鞭更豪迈！

陈善广

2022 年 7 月 1 日晚

**图书在版编目（CIP）数据**

银汉逐梦 / 陈善广著. -- 北京：作家出版社，2022. 9
ISBN 978-7-5212-1913-5

Ⅰ. ①银… Ⅱ. ①陈… Ⅲ. ①诗集 – 中国 – 当代 ②散文集 –
中国 – 当代 Ⅳ. ①I217.2

中国版本图书馆CIP数据核字（2022）第082487号

---

**银汉逐梦**

作　　者：陈善广
责任编辑：宋辰辰
装帧设计：意匠文化·丁奔亮
出版发行：作家出版社有限公司
社　　址：北京农展馆南里10号　　　邮　　编：100125
电话传真：86-10-65067186（发行中心及邮购部）
　　　　　86-10-65004079（总编室）
E-mail:zuojia@zuojia.net.cn
http://www.zuojiachubanshe.com
印　　刷：北京盛通印刷股份有限公司
成品尺寸：142×210
字　　数：159千
印　　张：10.625
版　　次：2022年9月第1版
印　　次：2022年9月第1次印刷
ISBN　978-7-5212-1913-5
定　　价：78.00元